여자답게?
나답게!

여자답게?
나답게!

2019년 6월 3일 처음 펴냄
2020년 6월 3일 2쇄 펴냄

지은이 오진원 | 그린이 시나나
펴낸이 신명철 | 편집 윤정현 | 영업 박철환 | 관리 이춘보 | 디자인 최희윤
펴낸곳 (주)우리교육 | 등록 제 313-2001-52호
주소 03993 서울특별시 마포구 월드컵북로 6길 46
전화 02-3142-6770 | 팩스 02-3142-6772
홈페이지 www.uriedu.co.kr

ISBN 978-89-8040-883-2 43810

이 도서의 국립중앙도서관 출판시도서목록(CIP)은
서지정보유통지원시스템 홈페이지(http://seoji.nl.go.kr)에서 이용하실 수 있습니다.
(CIP 제어번호:CIP2019020807)

여자답게?
나답게!

오진원 지음 | 시나나 그림

우리교육

메뚜기 미역국

한 사람이 하하 길을 가고 있었네.

날은 저물고 몸은 지칠 대로 지치고 배도 고팠네.

어디 좀 쉬어갈 데 없나, 휘휘 사방을 둘러봤지만

사람 사는 집은 한 채도 보이지 않네.

이거 어쩌나 싶어 다시 한번 휘휘 사방을 둘러보네.

그러자,

저기 저 멀리 어둑어둑한 들 가운데 폴폴 폴폴 연기가 보이네.

지치고 배고픈 사람,

어찌나 반가운지 그쪽으로 달려갔네.

하지만

아무리 찾아봐도 사람 사는 집은 보이지 않네.

폴폴 폴폴

밭둑에서 연기만 올라오네.

너무나 이상해서 밭둑 밑을 자세히 살펴보니……

메뚜기가 아이를 낳고 첫국밥으로 미역국을 끓여 먹느라 불을 때고 있네.

지치고 배고픈 사람,

메뚜기에게 부탁했네.

"날은 저물고 몸은 지칠 대로 지치고 배가 너무 고파 여기까지 왔습니다."

메뚜기 말했네.

"미안해하실 것 없습니다. 불편하시겠지만 하룻밤 쉬어 가시지요."

메뚜기가 아이 낳고 첫국밥으로 끓인 미역국을 한 대접 차려 줬다네.

지치고 배고픈 사람, 메뚜기 덕에 잘 먹고 잘 쉬고 갔다네.

# #
모두가 좀 더 따뜻한 세상에서 살 수 있기를!

내 어린 시절, 여자아이는 별로 환영을 못 받았어.
뭐든지 남자아이가 우선일 때가 많았어.
씩씩하고 지혜로워야 하는 건 늘 남자아이들이었지.
여자아이들은 얌전하고 예쁘면 됐지.
나는 커서 결혼을 했고, 여자아이를 낳았어.
난 결심했어.
씩씩하고 지혜로운 여자아이로 키워야지!
씩씩하고 지혜로워야 하는 건 남자아이나 여자아이나 똑같이 중
요하니까 말이야.
그러려면 엄마인 내가 먼저 달라져야 했어.
아이는 엄마를 보고 배울 테니 말이야.
아이가 태어나면서 나도 새로 태어난 셈이야.
나는 앙앙 우는 아이를 어르고 달래며 인내심을 키웠지.
무섭고 두려운 일이 있어도 아이를 보면 저절로 힘이 나고 씩씩
해졌지.
아이가 조금씩 자랄 때마다 나도 조금씩 지혜로워지는 것 같
았지.

메뚜기 엄마는 아기 메뚜기를 낳고 혼자서 미역국을 끓여 먹어.

힘들게 아기 낳고 혼자서 미역국을 끓여 먹는 것도 쉽지 않을 텐데,

지치고 배고픈 사람이 찾아오자 기꺼이 하룻밤 묵어갈 자리와 미역국을 내어줘.

메뚜기 덕에 잘 먹고 잘 쉬고 간 그 사람, 두고두고 메뚜기 엄마를 기억하지 않을까?

그리고 누군가 지치고 배고픈 사람이 찾아오면 메뚜기 엄마가 그랬듯이,

기꺼이 하룻밤 묵어갈 자리와 따뜻한 밥 한 그릇쯤은 내어줄 수 있을 거야.

아마 메뚜기 엄마 덕에 아기 메뚜기가 살아갈 세상은 조금은 더 따뜻해졌을 거야.

메뚜기 엄마가 바랐던 것도 이런 것일 거야.

사람이나 메뚜기나 역시 엄마들 마음은 다 똑같아.

차례

※
※
※

가시내

옛날, 한 여자아이가 있었네.

여자아이는 대대로 말을 기르고 사냥하는 집에서 나고 자랐네.

아이는 어려서부터 또래 여자아이들과는 달랐네.

소꿉놀이보다는 연날리기, 자치기, 쥐불놀이를 좋아했고,

이야기도 전쟁 이야기를 좋아했고,

집에서 말 기르고 사냥하는 걸 보고 따라 하다 보니 말타기와 활쏘기, 사냥 솜씨는 그 누구에게도 뒤지지 않았네.

한마디로, 무척이나 개구지고 씩씩한 아이였다네.

아이는 특히 전쟁놀이를 좋아했네.

남자아이들 틈에서 늘 대장 노릇을 했네.

나뭇가지를 꺾어 활, 화살, 창, 칼 따위를 만들어 남자아이들에게 나눠 줬네.

그리고 편을 나누고 작전을 짰다네.

"나를 따르라!"하며 남자아이들을 지휘했네.

"네가 어찌 혼자서 도망을 친단 말이냐?"하며 남자아이들을 호령하고 군기를 잡았네.

아이가 지휘하는 편은 언제나 이겼다네.

처음엔 여자아이가 전쟁놀이에 끼는 게 못마땅했던 남자아이들도 나중엔 서로 여자아이와 같은 편이 되고 싶어 했네.

아버지는 혹시 딸이 시집이라도 못 가게 될까 고민이었네.

"얘야, 언제까지 전쟁놀이나 하면서 산과 들을 뛰어다닐 테냐? 여자는 바느질과 길쌈*을 배워야 한다."

아이가 대답했네.

"저는 바느질과 길쌈은 싫어요. 연날리기, 자치기, 쥐불놀이, 전쟁놀이가 훨씬 신나는걸요."

"아무리 그래도 그렇지. 여자아이가 전쟁놀이만 해 봐야 아무데도 쓸 수가 없다."

"걱정하지 마세요. 혹시 전쟁이라도 나면 제가 늙으신 아버지 대신 나가서 싸울 테니까요."

아버지가 아무리 말려도 소용없었네.

대신 아이는 글공부를 시작했네.

낮에는 평소와 같이 뛰어다니며 놀고, 밤에는 글을 읽었네.

---

*베와 모시, 명주, 무명 등 직물을 짜는 것.

그렇게 몇 해가 지난 어느 날, 나라에 큰일이 일어났네.

이웃 나라가 쳐들어왔다네.

나라에서는 서둘러 군사를 모았고, 아이의 아버지도 군대에 불려가게 됐네.

하지만 아버지는 나이도 많고 몸이 약해 방안에 누워 있을 때가 많았다네.

"아버지, 제가 대신 군대에 가겠어요. 예전에 제가 약속드렸죠? 전쟁이 나면 제가 아버지 대신 나가서 싸우겠다고요."

아버지가 아무리 말려도 소용없었네.

"정 그렇다면 나가거라."

결국 아버지는 아이에게 지고 말았네.

아이는 아버지 대신 군대에 갔네.

장군 앞에 나아가 아버지 대신 전쟁에 나왔다고 당당하게 말했네.

"전쟁이 장난인 줄 아느냐? 어찌 계집아이가 전쟁에 나가겠다는 것이냐? 썩 돌아가거라!"

장군은 짜증 난 목소리로 아이를 내쫓으려 했네.

"장군님! 제 실력을 봐 주십시오. 말타기, 활쏘기는 물론이고 창과 칼도 능숙하게 다룰 수 있습니다. 병법도 공부했습니다. 제발~."

"남자와 여자는 엄연히 다른 법! 여자인 네가 감히 남자들 일에 끼어들려는 것이냐?"

아이가 아무리 사정을 해도 장군은 눈 하나 깜짝이지 않았네.

아이는 화가 치밀어 올랐네. 나라에 큰 위기가 닥쳤는데도 여자라는 이유로 받아주지 않는 게 너무도 속상했네.

그런데 전쟁은 시작부터 불리하기만 했네.

적군은 백만 대군을 이끌고 우르르 물밀 듯 내려왔다네.

"적군을 막아라! 여기서 무너지면 끝장이다!"

군사들은 죽기를 각오하고 용감히 싸웠지만 적군을 막기엔 역부족이었네.

잘난 척하던 장군은 속수무책, 군사들도 점점 기운이 빠져 갔네.

그때였네.

'휭~.'

어디선가 화살 한 대가 날아와서는 앞에서 지휘하던 적장을 쓰러트렸네.

적장이 말에서 떨어지자 적군은 우왕좌왕하기 시작했네.

어디선가 갓을 쓴 아이가 말을 타고 나타나 전쟁터를 휘젓고 다니기 시작했다네.

갓 쓴 아이가 돌팔매질을 하며 팔을 휘두를 때마다 적군이 픽픽 쓰러지네.

아이가 말 위에서 휘두르는 칼에 적군이 후드득 쓰러지네.

활을 쏘면 백발백중이었다네.

대장을 잃은 적군은 갑자기 나타난 아이 때문에 갈팡질팡 우왕
좌왕 어쩔 줄을 몰랐네.

　이 틈에 우리 군사들은 다시 공격을 시작했다네.

　전쟁은 우리 군사들에게 유리해졌네.

　결국 아이 덕분에 우리 군사들은 적을 무찌를 수 있었네.

　군사들은 신이 나서 소리를 질렀네.

　"와~! 와~!"

　"갓 쓴 애!"

　"갓 쓴 애 덕분에 이겼다."

　"갓 쓴 애 만세!"

　군사들은 소리 높여 '갓 쓴 애'를 외쳤네.

　장군도 흐뭇한 웃음으로 지켜봤네.

　"갓 쓴 아이를 데려오너라."

　장군은 아이를 불렀네.

　"정말 장하구나. 오늘의 승리는 네게 빚졌다. 어디서 온 누구냐?
계속 우리와 함께하면 좋겠네."

　장군이 말했네.

　"정말입니까? 정말 제가 계속 여기에 있어도 되겠습니까?"

　갓 쓴 아이가 갓을 벗으며 말했네.

　"아, 아니! 너는?"

　장군은 깜짝 놀라며 뒷걸음질을 하고 말았네.

갓 쓴 아이는 바로 얼마 전 자신이 쫓아낸 여자아이였네.

그 뒤로 아이는 전쟁이 일어나면 언제나 갓을 쓰고 나가서 싸웠네.

사람들은 그때마다 아이를 보고 '갓 쓴 애', '갓 쓴 애' 하며 불렀네.

'갓 쓴 애', '갓 쓴 애' 하고 부르다 보니 언제부턴가 '갓 쓴 애'는 부르기 좋게 '가스내'로 바뀌었네.

또 '가스내', '가스내' 하다 보니 '가스내'는 어느새 '가시내'로 바뀌었네.

그러니까 혹시라도 누군가

"도대체 가시내가 왜 그래?"

하고 말하면 속상해하지 말고

"가시내가 왜? 가시내가 얼마나 씩씩한 여자아인데. 내가 가시내 이야기 들려줄까?" 하고 이 이야기를 해 주렴.

여자라고 씩씩하면
안 될 이유가 뭐 있어?

# #
여자라서 못 할 일은 없다

"가시내가 돼 가지고……."

줄임표 뒤에 숨어 있는 게 뭔지 알아?

쯧쯧쯧.

혀 차는 소리야.

내가 어렸을 땐 이런 말을 자주 들었어.

이런 말을 들을 때 기분이 어떨지 짐작할 수 있니?

여자라고 무시당하는 것 같기도 하고, 참 안 됐다고 불쌍하게
여기는 것 같기도 했지.

아마 너희는 이런 말을 듣는 경우가 거의 없을 거야.

내가 어렸을 때와 지금은 여자에 관한 생각이 아주 많이 바뀌었
으니까.

하지만 내가 어렸을 땐 재수가 없는 날엔 하루에도 몇 번씩이나
들어야 했어.

그나마 남자들이 이런 말을 할 땐 기분이 덜 나빴지.

"그래, 잘 났어. 남자들이 그렇게 잘 났나?"하며 속으로라도 불
만을 터트릴 수 있었으니까.

진짜 기분 나쁠 때는 따로 있었어.

언젠지 알아?

같은 여자들이 이런 말을 할 때야.

이럴 땐 정말 화가 머리끝까지 솟구쳐 올라.

분명히 자기도 그런 말을 들었을 때 기분이 나빴을 텐데, 그런 말은 하지 말아야 하는 거 아닐까?

다행히도 난 집에서만큼은 이런 말을 별로 안 들었어.

하지만 말만 안 들었다뿐이지, 여자와 남자 사이의 차별이 없었던 건 아니야.

내 동생은 삼대독자 외아들이거든. 동시에 삼 남매의 막내기도 했고.

요즘엔 외아들이 많지만 예전엔 그렇지 않았어.

아들이야말로 집안을 이끌어갈 대들보라고 생각했지.

그러다 보니 외아들은 집안에서 애지중지 특별대우를 받는 경우가 많았어.

동생은 우리 집의 왕자님이었어. 동생이 부탁하는 건 뭐든지 들어줘야 했지.

"동생이라고 하나밖에 없는데, 잘 대해 줘야지. 왜 그러니?"

가끔 화가 나서 불평이라도 내뱉으면 바로 이런 말을 들어야 했어.

정말 괴로웠지.

덕분에 난 여자아이들 사이에서는 견줄 사람이 없을 만큼 잘하는 게 생겼어.

바로 딱지 접기지.

혹시 너희 딱지 접을 줄 아니?

종이 두 장을 십자 모양으로 놓고 사방을 접어서 만드는 거야.

물론 한 장으로 만드는 방법도 있긴 했지.

하지만 두 장으로 접어야 더 멋지게 접을 수도 있고, 다른 딱지와 싸워 이길 수 있는 무적의 딱지를 만들 수 있어.

딱지치기는 남자아이들이 구슬치기, 비석 치기, 자치기 등과 함께 가장 즐기는 놀이였어. 어? 그러고 보니 남자아이들은 주로 뭔가를 쳐서 승부를 내는 놀이를 좋아하는 것 같네.

아무튼! 난 어릴 때 딱지를 무지무지 많이 접었어.

내가 남자아이들과 딱지치기를 하기 위해서 접었냐 하면, 그건 아니야.

내가 접는 딱지는 동생을 위한 것이었어.

동생이 나가서 친구들이랑 딱지치기를 하다 딱지를 잃고 오면, 나는 바로 딱지 만들기에 돌입해야 했지.

기왕이면 아주아주 튼튼한 딱지를 만들 수 있는 재료를 찾아서 만들어야 하지만, 없으면 없는 대로 집에 있는 종이들로 딱지를 접었지.

이렇게 날마다 딱지를 접다 보니 어느 순간 자연스럽게 딱지 접기의 도사가 된 거야.

동생은 커 가면서 모든 것이 자기중심으로 돌아가는 상황을 자연스럽게 받아들이게 된 것 같았어.

초등학교 1학년 때인가는 이런 말을 하기도 했어.

"이 집에 있는 건 다 내 거니까, 누나도 나한테 잘해. 그래야 내가 나눠 줄 테니까."

벌써 수십 년이나 지난 옛날 일인데 아직도 생생하게 기억이 나.

물론 1학년밖에 안 된 동생이 뭘 알고 한 말은 아니었을 거야.

하지만 나로선 남자와 여자의 높은 차별의 벽을 실감한 순간이었지.

그다음부터였을 거야.

누군가 "가시내가 되가지고……" 하는 말만 들으면 화가 머리끝까지 뻗치면서 눈에 눈물이 고이곤 했어.

어른이 되어 사회에 나와서도 마찬가지였어.

여자이기 때문에 기회조차 가질 수 없는 일이 너무 많았거든.

갓 쓴 아이가 여자라는 이유만으로 군사로 나갈 수 없던 것처럼 말이야.

그러니 내가 이 이야기를 듣고 홀딱 빠질 수밖에.

여자라서, 혹은 남자라서 못 할 일이 뭐가 있겠어?

사람마다 차이는 있지만 자기가 좋아하고 잘하는 일이 있다면 남녀의 차별이 있어서는 안 되잖아.

좀 늦긴 했지만 난 이제라도 멋진 가시내가 되어 보려고 해.
너희도 나와 같이 멋진 가시내가 되어 볼래?

※
※
※

며느리 방귀

옛날, 어느 집에 며느리가 들어왔네.

모란꽃처럼 화사하고 복슬복슬 탐스러운 얼굴이 복이 있어 보여 며느리로 맞았네.

며느리를 얻고 보니 복덩이도 그런 복덩이가 없었네.

바느질 솜씨가 얼마나 뛰어난지 맘만 먹으면 하룻밤에도 옷 한 벌 뚝딱 지어내고,

시댁 식구들 입맛에 꼭 맞게 음식을 만들었네.

그러니 신랑은 물론이고 시아버지, 시어머니, 시동생까지 모두 다 며느리를 마음에 들어 했네.

복스러운 며느리가 들어온 지도 한 달, 두 달, 석 달이 흘렀네.

며느리 덕분에 집안은 늘 행복했네.

복스러운 며느리가 들어온 지도 일 년, 이 년이 지나 삼 년째 접

어들었네.

식구들은 복스러운 며느리가 뭔가 달라진 걸 눈치챘네.

모란꽃처럼 화사하던 얼굴은 노란 땡땡이가 돼서 바늘로 찔러도 피도 안 나올 것 같았네.

복슬복슬 탐스럽던 얼굴은 빼빼 마르고 금방이라도 부서질 듯 푸석푸석해졌네.

시아버지가 걱정스럽게 물었네.

"아가, 어디가 아프냐?"

"아니요, 괜찮습니다."

"그런데 어째서 모란꽃처럼 화사하고 복슬복슬 탐스럽던 얼굴이 노란 땡땡이에 말라만 가느냐?"

며느리는 대답을 못 하고 머뭇머뭇했네.

"걱정하지 말고 어서 말을 해 보아라."

"저 실은……, 제가 원래 방귀를 유난히 많이 뀝니다. 친정에서는 맘 편히 잘 뀌었는데, 시집온 뒤로는 조심스러워 꾹꾹 참고 지냈더니 그만……."

시아버지는 껄껄껄 웃으며 말했네.

"그래 방귀를 못 뀌어서 이리됐단 말이냐? 걱정하지 마라. 걱정하지 마. 이제부터는 맘 편히 마음껏 뀌어라."

"저……, 근데 제 방귀는 보통 방귀랑 좀 달라서."

"방귀가 다르면 얼마나 다르단 말이냐. 걱정하지 말아라."

그러자 며느리가 말했네.

"그럼 이제 삼 년 묵은 방귀를 뀌겠습니다.

아버님은 기둥을 꼭 잡으시고,

어머님은 가마솥을 꼭 잡으시고,

도련님은 문고리를 꼭 잡으시고,

서방님은 아무거나 잡으십시오."

"도대체 방귀 한 번 뀌는데 왜 이리 난리를 피우는 거요?"

"아가야, 그냥 뀌어도 된다."

시댁 식구들은 구시렁거리면서도 며느리가 하라는 대로 했네.

며느리가 말했네.

"자, 준비되셨습니까? 이제 뀌겠습니다."

며느리가 말을 마치자마자 방귀를 뀌기 시작하는데……,

뻥! 뿌뿌뿌뿌 뽕뽕뽕뽕 뿌풍뿌풍 풍풍풍풍 부부부부 부웅!

요란한 소리와 함께 집이 풀썩하더니,

아버지가 잡고 있던 기둥은 부르르르 떨리고,

어머니가 잡고 있던 가마솥은 딸깍딸깍 아래위로 흔들리고,

도련님이 잡고 있던 문고리는 핑! 하고 빠져나가고,

신랑은 무얼 잡고 있었는지 마루 밑에서 벌벌벌벌 기어 나왔네.

"아이고, 죽겠다. 아가, 이제 그만 뀌어라!"

"애야, 그만…… 그만!"

"형수님, 살려주세요!"

"여보 마누라, 그만 멈추시오!"

식구들은 사색이 되어 소리쳤네.

하지만 삼 년 동안이나 참았던 방귀를 뀌기 시작한 며느리는 방귀를 멈출 수가 없었네.

"아버님, 어머님, 도련님, 서방님. 정말 죄송해요."

하고는 방귀를 계속 뀌고 말았네.

뿌부뿌부뿌웅 빠바빠바 빠앙 푸북푸북 푸푸푸푸 뿌우웅

다시 한바탕 난리가 난 뒤에 보니,

잡고 있던 기둥이 부러져 아버지는 뒤로 나자빠져 있고,

잡고 있던 가마솥이 아궁이에서 빠져 위로 솟구쳤다 떨어지는 바람에 어머니는 부엌 바닥에 주저앉아 있고,

빠진 문고리 대신 아무것도 잡지 못하고 있던 도련님은 담장 밑에 쓰러져 있고,

마루 밑에서 벌벌벌벌 기어 나왔던 신랑은 대문 밖으로 날아갔네.

드디어 며느리의 방귀가 멈췄네.

며느리 얼굴은 노란 땡땡이에서 다시 환한 모란꽃이 되었네.

대신 시댁 식구들 얼굴은 모두 노란 땡땡이가 되었네.

식구들은 부들부들 몸을 떨며 비실비실 엉금엉금 방으로 들어왔네.

식구들이 정신이 차리고 주위를 둘러보니,

기둥은 부러지고,

부엌세간은 깨지고 찌그러지고,

기와는 깨지고 날아가고 아주 난리가 났네.

정신을 차린 시아버지가 화가 나서 소리쳤다네.

"집안을 망칠 방귀로다. 당장 친정으로 돌아가거라!"

다음 날, 시아버지는 며느리를 친정집으로 데리고 가네.

며느리는 고름에 눈물을 찍으며 시아버지 뒤를 따라가네.

마을을 벗어나 큰 고개를 넘다 보니 커다란 배나무가 한 그루

있어, 그곳에서 쉬다 가기로 했네.

높디높은 배나무에는 커다란 배가 주렁주렁 매달려 있었네.

마침 지나가던 비단장수와 유기장수도 배나무 밑에 짐을 풀고

쉬다 가기로 했네.

비단장수랑 유기장수가 배나무를 쳐다보며 말했네.

"저 배 하나 먹어 보고 싶지 않나?"

"그러게. 한 입만 베어 물면 달콤하고 시원한 게 피로가 한 번에

풀릴 것 같네."

"아이고, 저 배 맛만 볼 수 있다면 내가 지고 다니는 비단을 다

주어도 아깝지 않을 텐데."

"맞네. 나도 저 배 맛만 볼 수 있다면 내가 지고 다니는 유기를

다 주어도 아깝지 않겠네."

며느리가 비단장수랑 유기장수가 하는 말을 들었네.

"제가 저 배를 따 드리면 정말 비단이랑 유기를 다 주시겠어요?"

"암, 드리고말고요. 하지만 이 배는 너무 높이 매달려 있어서, 지금껏 아무도 따지 못했답니다."

비단장수랑 유기장수는 며느리 말에 껄껄껄 웃으며 대답했네.

그러자 며느리는 "약속 꼭 지키셔야 해요." 하며 일어나서는 배나무에다 엉덩이를 대고 방귀를 뀌었네.

뿡, 뿌우웅 뿌뿡!

방귀 소리와 함께 배나무가 푸드드득 흔들리더니 툭, 투두득 툭 툭 배가 와그르르 떨어졌네.

그 모습을 본 비단장수랑 유기장수는 한참을 얼이 빠져 바라만 보다가, 정신없이 배를 줍기 시작했네.

배나무에 배가 얼마나 많이 달려 있었던지 한 짐씩 짊어지고 먹어도 남을 정도였다네.

비단장수랑 유기장수는 약속대로 지고 다니던 비단과 유기를 모두 며느리에게 줬네.

그걸 보고 있던 시아버지가 말했네.

"집안을 망칠 방귀인 줄 알았는데 복 방귀로구나. 아가, 내가 잘못했다. 같이 집으로 돌아가자꾸나."

며느리는 비단이랑 유기랑 남아 있던 배를 모두 지고는 시아버지와 함께 집으로 돌아갔네.

그 뒤로 며느리는 맘 놓고 방귀를 뀌며 잘 살았다네.

혹 며느리 방귀에 집이 무너지진 않았냐고?

아니야. 며느리 방귀가 조금 유별나긴 했지만 집이 무너질 정도
는 아니지. 그땐 삼 년 동안이나 참고 참았던 방귀를 한꺼번에 뀌
느라 그런 거지.

퐁퐁퐁퐁 핑핑핑핑 뽀옹뽀옹.

뀌고 싶을 때마다 방귀를 뀌니 방귀는 훨씬 얌전해졌고, 며느리
는 더욱 더 탐스럽고 복스러워졌다네.

참아야 할 때와
참지 말아야 할 때가 있는 거야.

# #
참지 말고 풀어!

뺑!

무슨 소리냐고?

내 속이 뚫리는 소리야.

며느리가 참고 참던 방귀를 뀌는 순간, 내 속도 며느리 뱃속만큼
이나 뺑 뚫렸어.

며느리만큼은 아니지만, 나도 방귀를 참느라 고생한 적이 몇 번
이나 있었거든.

방귀는 나오려고 하지, 주위에 사람은 많지, 이럴 땐 정말 땀이
삐질삐질 나. 어느 정도 방귀를 참을 수는 있지만, 끝까지 참을 수
는 없거든.

모란꽃처럼 화사하던 며느리 얼굴이 노란 땡땡이가 됐다는 게
거짓말이 아니야.

내가 그랬으니까.

한번은 방귀를 참다 참다 도저히 참을 수가 없어서 자리에서 벌
떡 일어나 후다다닥 화장실로 향했어.

그런데 말이야, 참느라고 참는데 저절로 방귀가 새어 나와.

'뽕 뽕 뿌풍뿌풍 풍 풍 부부부부.'

한 번 터진 방귀는 멈추질 않아.

휴~. 다행히 사람들이 있는 곳에서 벗어나고 난 뒤였지.

하지만 이때만 생각하면 이마랑 콧등에 땀이 송송 맺혀.

그러니 삼 년 동안이나 방귀를 참았던 며느리 마음이 어땠을지, 한 번 터진 방귀가 어떻게 나왔을지 얼마든지 상상할 수가 있어.

과장이 섞이긴 했지만 절대 거짓말은 아닐 거야.

방귀는 누구나 다 뀌지만 그렇다고 대놓고 뀔 수는 없어.

조용한 교실에서 갑자기 '뽀옹~' 하고 방귀 소리가 났다고 생각해 봐.

아마 아이들은 킥킥대고 웃으며 "누구냐? 누구?" 하며 한바탕 난리가 날걸.

방귀를 뀐 사람만 이 난리에 같이 웃지 못한 채 전전긍긍하고 말이야.

그러니 방귀가 나오려고 하면 최대한 참으려 애를 써 볼 수밖에.

물론 이러다 못 참으면 나처럼 '뽕 뽕 뿌풍뿌풍 풍 풍 부부부부' 방귀가 새어 나와서 더 큰 망신을 당할 수도 있지만 말이야.

며느리 심정도 이랬을 거야.

며느리 입장에서는 시댁 식구들은 다들 조심스러울 수밖에 없거든.

옛날 말에 귀머거리 삼 년, 벙어리 삼 년, 장님 삼 년이란 말이 있어.

며느리는 시집오면 삼 년간은 들어도 못 들은 척, 삼 년간은 말할 게 있어도 없는 척, 삼 년간은 봐도 못 본 척해야 한다고 했어.

지금 생각하면 말도 안 되는 소리지만 옛날엔 당연하게 여겼지.

그러니 며느리는 방귀를 뀌고 싶어도 뀌지를 못했던 거야.

모란꽃 같던 얼굴이 노랑 땡땡이가 되고, 복스럽던 얼굴이 푸석푸석해질 정도니 속은 얼마나 안 좋았을까!

마침내 삼 년 동안 참았던 방귀가 터져 나올 때 며느리는 날아갈 것 같았을 거야.

그런데 말이야,

웃음이 나면 웃어야 하고,

화가 나면 그 화를 풀어야 하고,

울음이 나면 울어야 하고,

말하고 싶은 건 말해야 해.

별 것 아닌 것 같아도 뭔가를 억지로 참고 몸 안에 쌓아두는 건다 독이 되고 말아.

그러다 더 이상 쌓아둘 수 없게 되면 한꺼번에 "뻥" 터지고 말지.

가끔은 참아야 할 때도 있지만,

가끔은 밖으로 분출을 해 줘야 하지.

'임금님 귀는 당나귀 귀'라는 이야기는 다 알 거야.

임금님과의 약속 때문에 평생 말을 못 하던 복두장인*은 결국 죽기 전에 대나무 숲에 가서 "임금님 귀는 당나귀 귀!" 하고 외치고 죽잖아.

이렇게라도 말하지 않으면 견딜 수가 없었으니까.

며느리도 방귀를 참지만 말고 시댁 식구들이 없는 틈을 타서 요령껏 조금씩이라도 뀌었더라면 이 정도 난리는 안 벌어졌을지도 몰라.

조금 늦었다 싶긴 하지만 그래도 며느리가 방귀를 뀔 수 있었던 건 정말 다행이야.

한바탕 난리를 겪긴 했지만 결국엔 모든 문제가 해결됐잖아.

나도 이제부터라도 뭐든지 억지로 참고 몸 안에 쌓아두는 건 하지 않으려고 해.

분위기를 잘 살펴 가면서 방귀도 뀌고,

웃을 때 크게 웃고,

화도 잘 풀고,

울음이 날 땐 울고,

말하고 싶은 것이 있을 땐 잘 말하고 말이야.

야아~. 생각만 해도 몸이 건강해지는 느낌이야.

---

*머리에 쓰는 관을 만드는 사람

❋
❋
❋

꼭두각시

옛날, 한 가난한 집에 꼭두각시란 처녀가 있었네.

나이 서른이 넘도록 시집을 못 가고 홀아버지랑 단 둘이 살고 있었네.

꼭두각시는 '내가 왜 시집을 못 가는 걸까' 생각해 봤네.

나는 키가 작으니 옷감도 적게 들 테고,

발이 크니 바람 부는 날 넘어질 일도 없을 테고,

손가락이 짧으니 아주 부지런할 테고,

입이 조그마하니 불도 잘 불 테고,

코가 넓적하고 귀는 쪽박귀니 잘 살 테고…….

꼭두각시는 도무지 알 수가 없었네.

아무것도 나무랄 것이 없는데 왜 혼례 이야기가 들어오질 않는지 알 수가 없었네.

그러던 어느 날 뜻밖에 먼 곳에 사는 총각하고 혼인이 정해졌네.
꼭두각시는 얼른 날을 잡아서 신랑을 맞이할 준비를 했네.
병풍도 빌려와야 하고,
가마도 얻어와야 하고,
차일도 얻어다가 쳐야 하고,
멍석도 얻어다 깔아야 하고…….
꼭두각시는 이리 뛰고 저리 뛰었네.
병풍도 빌려오고,
가마도 마련하고,
차일도 마련하고,
멍석도 마련했네.
그러고는 신랑 오기만을 기다렸네.

하루 지나고, 이틀 지나고, 사흘이 지났네.
한 달 지나고, 두 달 지나고, 석 달이 지났네.
일 년 지나고, 이 년 지나고, 삼 년이 지났네.
꼭두각시가 아무리 기다리고 기다려도 오기로 한 신랑은 오지를 않네.
가랑잎이 떨어져도 신랑이 오나 싶어 밖을 내다보고,
까치가 깍깍하고 울기만 해도 혹시나 싶어 마음이 벌렁거렸네.
그 사이 함께 살던 아버지는 돌아가시고 꼭두각시만 달랑 혼자 남았네.

기다리다 기다리다 지친 꼭두각시는 신랑 집을 찾아가기로 했네.
보리술 담가 옹기병에 담고, 보리범벅 한 소쿠리 해 담았네.
꼭두각시는 보리술과 보리범벅을 들고,
깊고 깊은 산골에 산다는 신랑 집을 찾아 길을 떠났네.

깊고 깊은 산골로 요리조리 찾아갔네.
하지만 가고 또 가고 아무리 가도 신랑 집은 나오지 않았네.
멀고 먼 신랑 집은 아무리 가도 나오지 않았네.
얼마쯤 갔을까?
새벽녘 떠난 길이 어느새 깜깜한 밤이 되었을 때에야 신랑이 산
다는 산골 마을에 도착했네.
"혹시 목 도령 집이 어딘지 아시나요?"
꼭두각시가 지나가던 사람에게 물었네.
"이리로 쭉 올라가다 보면 제일 꼭대기에 있는 집이오."
꼭두각시는 그 사람이 가르쳐 준 집으로 찾아갔네.

그 집은 다 쓰러져가는 오두막집이었네.
울도 담도 없는 집이었다네.
집 안에서 한 칠십 먹은 노인이 바짓가랑이를 뒤집고 이를 꾹꾹

눌러 죽이며 말했네.

"며느리 손에 밥 한 끼는 얻어먹고 죽어도 죽어야 할 텐데……."

옆에서 그 말을 듣던 곰배팔이 아들이 말했네.

"아버지, 무슨 말을 그리 하세요? 내 나이 마흔아홉이라 청춘이 만 리 같습니다. 그런 소리 마세요."

이번엔 저고리를 벗어 이를 꾹꾹 눌러 죽이고 있던 할머니가 말했네.

"꼭두각시에게 혼인을 청해 놨는데, 언제고 그 꼭두각시를 데려다가 밥 한때 얻어먹어야 원이 없겠는데……."

옆에서 그 말을 듣던 곰배팔이 아들이 다리를 절뚝절뚝 절며 일어나 말했네.

"아이고, 어머니. 내가 청춘이 만 리 같은데, 그런 소리 마세요."

꼭두각시는 밖에서 모든 말을 다 들었네.

'내 어떻게 저런 집에 시집가서 살 수 있을까?'

꼭두각시는 아무래도 자신이 없었네.

다시 집으로 돌아가야 하는 건 아닌지 한참을 고민했네.

그러다, "아이고, 이것도 내 팔자다!" 하며 그 집 안으로 들어갔네.

"목 도령과 정혼을 했던 꼭두각시입니다."

할아버지, 할머니, 목 도령은 꼭두각시 손을 잡고 반갑게 맞아

주었네.

"곧 혼인을 하려 했는데 살림살이가 통 펴지지 않는 바람에 이렇게 됐다우. 미안하네, 미안해."

꼭두각시는 가지고 간 보리술과 보리범벅을 드리고 목 도령과 부부가 됐네.

다음 날부터 꼭두각시는 열심히 일하기 시작했네.

날마다 밭에 나가서 일을 하고, 부잣집에 가서 일을 거들어 주고는 품삯을 받았네.

그리고 새벽 일찍 일어나 깨끗한 물을 떠서, 뒷산에 올라가 빌었다네.

부자가 되게 해 달라고.

백 일째 되던 날이었네.

새벽에 다시 뒷산에 올라가 보니 그곳에 황금으로 만들어진 수탉이 하나 있었네.

꼭두각시는 그 수탉을 가지고 내려왔네.

귀한 것이라 잘 간수하려고 함을 짜서 그 안에 넣어 두었네.

어느 날, 부잣집에 일하러 간 꼭두각시가 부잣집 장자에게 그 수탉 이야기를 했네.

부자 영감, 그 말을 듣자마자 말했네.

"우리 집 논밭에다 살림살이는 물론이요 돈까지, 재산 전부를 줄 테니 그 수탉과 바꿉시다!"

꼭두각시는 좋다 했네.

꼭두각시는 그날로 장자네 집으로 이사 가고, 장자네는 꼭두각시네로 이사를 왔네.

꼭두각시가 빌었던 것처럼 아주 아주 큰 부자가 됐다네.

꼭두각시의 정성이 통한 거라네.

꼭두각시와 목 도령은 그 뒤로도 열심히 일하며 잘 살았다네.

그럼, 장자는 어떻게 됐냐고?

황금수탉의 날개 밑에는 가위 하나가 달려 있었다네.

이 가위로 날개를 조금 베어내면 그 자리에 날개가 도로 났다네.

아무리 베어도 없어지지 않는 화수분이었네.

장자는 그 황금수탉의 비밀을 알았기에 자신의 전 재산과 바꾸자고 했던 것이라네.

장자는 날마다 가위로 황금수탉의 날개를 조금씩 베어내는 낙으로 살았다네.

나 같이 생긴 사람은
세상에 단 한 명이니까
얼마나 특별해!

# #
세상에 하나뿐인 특별한 나!

난 어릴 적 별명이 많았어.

가장 많이 불렸던 별명은 오징어.

내 이름을 얼핏 들으면 그렇게 들리나 봐.

나는 아닌 것 같은데,

아이들은 내 이름만 들으면 '우하하하' 웃음을 터트리고 "이름이
오징어래, 오징어!" 하고 놀렸어.

초등학교 시절 성을 가지고 별명을 짓는 건 흔한 일이긴 해.

하지만 나랑 같은 '오'씨 성을 가진 아이가 있어도

오징어란 별명은 나에게만 붙었어.

난 아이들 사이에서 내 이름이 불리는 게 싫었지.

나 혼자 작은 소리로 빠르게 내 이름을 불러 봐.

오진원 오진원 오진원······오징어.

내가 불러 봐도 끝에 가면 오징어로 끝이 나.

이건 결국 엄마 아빠가 내 이름을 잘 못 지은 게 틀림없다 생각
했어.

이런 웃긴 이름을 지어준 엄마 아빠가 원망스러웠어.

학교에서 출석을 부를 땐 정말 괴로웠지.

친구들이야 보통 "진원아~!" 하고 이름만 부르지만, 출석을 부를 땐 "오진원!" 하고 성까지 붙여서 부르잖아.

이름만 불리는 건 괜찮지만 성까지 불리는 건 정말 싫었어.

가뜩이나 소심한 나는 선생님한테 이름 불리는 게 무서웠어.

손을 들고 발표 같은 건 절대 하지 않았지.

또 다른 별명 하나, 와이셔츠 단춧구멍.

눈이 작다고 붙여진 별명이지.

난 이 별명이 싫었어.

친구들이 내 눈을 보고 놀리는 게 틀림없으니까 말이야.

다행이 이 별명은 친한 친구들만 부르는 별명이었지.

집에 가서 아빠 와이셔츠 단추 구멍을 봤지.

내 눈이 작기는 해도 와이셔츠 단추 구멍만큼 작은 건 아닌 것 같았어.

나는 눈이 나보다 작은 사람들을 찾아봤어.

음~. 찾기가 쉽지 않았어.

교실에 붙어 있던 세종대왕과 이순신 장군 초상화까지 봤지.

세종대왕이랑 이순신 장군도 눈이 가늘어 보이긴 했지만 그래도 쌍꺼풀까지 있었어.

으앙~. 눈물이 났어.

세종대왕이랑 이순신 장군은 옛날 옛적 사람인데도 쌍꺼풀이 있는데 나는 도대체 뭐냐고?

엄마는 눈도 크고 쌍꺼풀도 있는데, 왜 나는 하필이면 아빠를 그대로 닮았는지…….

그래도 나는 커가면서 조금씩 이름이며 눈에 대한 열등감을 떨쳐 버릴 수가 있었어.

처음엔 내 별명에만 신경을 쓰느라 잘 몰랐는데, 가만 보니까 다른 친구들 별명도 다 좋은 건 아니더라고.

나처럼 별명 때문에 속상해하는 친구도 많이 있었어.

그때부터 다른 사람들한테 나를 소개할 땐 일부러 별명이 오징어라고 먼저 말해 줬지.

그럼 사람들은 내 이름을 절대 까먹지 않았어.

뭐, 나름 이것도 괜찮은 것 같았어.

내 눈을 와이셔츠 단춧구멍이라 놀리는 아이들에게는 "눈은 작아도 보이는 건 너희랑 똑같이 보인다고!" 하며 당당하게 말해 주었지.

놀리듯 별명을 불러도 기가 죽지 않으니까, 아이들은 별명을 부르는 게 시시해졌나 봐.

언제부턴가 자연스럽게 더 이상 별명을 부르지 않게 됐어.

내가 처음 꼭두각시를 만났을 때가 생각나.

꼭두각시의 당당한 모습이 너무나 좋았지.

작은 키, 커다란 발, 짧은 손가락, 작은 입, 넓적한 코, 쪽박귀.

만약 내가 꼭두각시처럼 생겼더라면

아마 나는 내 모습을 만날 원망하며 지냈을 거야.

너무 못생겨서 혼사 이야기도 들어오지 않는 거라며 괴로워하고
만 있었을 거야.

그런데 꼭두각시는 달랐어.

키가 작으니 옷감도 적게 들 테고,

발이 크니 바람 부는 날 넘어질 일도 없을 테고,

손가락이 짧으니 아주 부지런할 테고,

입이 조그마하니 불도 아주 잘 불 테고,

코가 넓적하고 귀는 쪽박귀니 잘 살 거라 생각했어.

아하!

단점이 장점으로 바뀌는 순간이었지.

나쁘게 생각하면 한 없이 나쁜 일도, 좋게 생각하면 얼마든지
좋은 일이 될 수 있어.

이렇게 스스로 밝고 당당하니 꼭두각시가 못 할 일이 뭐가 있
겠어?

혼사가 정해지자 혼자서 이리 뛰고 저리 뛰며 혼인 준비를 척척
다 해내잖아.

신랑이 오지 않자 당당하게 신랑 집을 찾아가기도 하고 말이야.

난 이 꼭두각시가 너무 마음에 들었어.

꼭두각시를 조금만 빨리 알았더라면 좋았을 텐데 싶었지.

목 도령도 마음에 꼭 드는 건 마찬가지지.

목 도령은 곰배팔이에 다리를 저는 마흔 아홉 노총각이지만 결코 주눅이 들지 않아.

스스로 청춘이 만 리 같다고 하잖아.

꼭두각시와 목 도령을 보니, 주눅 들고 소심하게 지냈던 내 어린 시절이 괜히 원망스럽게 느껴졌지.

하지만 곧 정신 차렸어.

주눅 들고 소심했던 어린 시절도 다 나의 모습.

나도 꼭두각시랑 목 도령처럼 내 모든 걸 있는 그대로 받아들이면서 당당하게 살기로 했지.

이런 엄마 모습을 지켜보면서, 우리 딸도 꼭두각시처럼 씩씩하고 당당하게 살아갈 수 있도록 말이야.

❊
❊ ❊
❊

여섯 모난 구슬과 개와 고양이

옛날 어느 곳에 사이좋은 부부가 살았네.

하지만 사이좋은 부부에게도 근심은 있었네.

자식이 없다는 것!

부부는 늘 자식 하나 얻기를 소원했다네.

어느 날, 남편이 산에 나무를 하러 갔다 오는 길이었네.

꿩 한 마리가 어디선가 급히 푸드득 날아와서는 캑캑거리며 남편 발 아래로 떨어졌네.

남편은 웬 횡재냐 싶어 얼른 꿩을 잡아서 집으로 가져와 부인과 함께 먹었네.

그 날부터 열 달 만에 부인은 떡두꺼비 같은 아들을 낳았네.

꿩을 먹고 얻은 아들이라 해서 '꿩덕'이라 이름을 짓고, 아주 정성껏 키웠다네.

한 해, 두 해, 세월이 흘렀네.

튼튼하게 자란 꿩덕이는 장가 갈 나이가 됐네.

부부는 꿩덕이에게 좋은 색싯감을 찾아 주려 여기저기 수소문을 했네.

드디어 꿩덕이가 장가가는 날.

꿩덕이는 사모관대를 갖춰 입고 말을 타고 신부 집으로 혼례를 치르러 길을 나섰네.

한참을 걸어 산길에 접어들었을 때였네.

갑자기 커다란 구렁이 한 마리가 길을 막고 말했네.

"너 꿩덕이는 오늘 나한테 잡아먹혀야 한다. 도망갈 생각은 말아라."

꿩덕이가 깜짝 놀라 물었네.

"아니, 왜 내가 너한테 잡아먹혀야 한다는 거냐?"

그러자 구렁이가 대답했네.

"네 아비가 산에서 쫓기던 꿩을 잡아서 네 어미와 함께 먹고서 너를 낳게 된 것은 알겠지? 그때 그 꿩은 내가 잡아먹으려던 꿩이다. 그 꿩을 먹었으면 내가 승천할 수 있었을 텐데, 네 아비 때문에 지금껏 승천을 못 하고 있다. 그러니 그 꿩을 먹고 태어난 너를 잡아먹어야만 한다."

듣고 보니 꼼짝없이 죽을 수밖에 없을 것 같았네.

꿩덕이는 사정이나 해 보기로 했네.

"나는 지금 장가들러 가는 길이다. 사람이 죽을 때 죽더라도 한 번 태어났으면 장가는 들어 보고 죽어야 하지 않겠느냐? 그러니 지금은 나를 그냥 보내다오. 대신 돌아올 때 잡아먹고."

꿩덕이가 이렇게 말하자 구렁이가 답했네.

"지금껏 기다렸는데, 그깟 며칠 쯤 못 기다리겠느냐. 그렇게 하자."

꿩덕이는 겨우 겨우 목숨을 구해 색시 집으로 가서, 어찌 어찌 혼례를 올리고 첫날밤을 지냈다네.

하지만 집으로 돌아갈 땐 꼼짝없이 구렁이한테 잡아먹힐 생각을 하니 슬프고 기가 막혔네.

색시에게 한마디 말도 못한 채, 그냥 방 한 구석에 기대어 멍하니 앉아 있기만 했네.

색시가 물었네.

"오늘은 우리가 백년해로하기 위해 만난 좋은 날입니다. 서로 즐겁게 지내야 할 텐데 어찌하여 말도 않고 수심에 가득 차 있으십니까? 평생을 같이 해야 할 사람들이 좋은 일이고 궂은일이고 서로 말하고 함께해야지요. 말이나 해 보십시오."

꿩덕이는 색시에게 사정을 다 이야기 했네.

혼례를 치르러 오는 길에 구렁이를 만난 일과 돌아가는 길에 구렁이한테 잡아먹힐 거란 얘기까지, 색시에게 모두 말했네.

꿩덕이 말을 다 듣고 난 색시는 아무 일도 아니라는 듯이 말했네.

"그 까짓 일 가지고 뭘 걱정 하세요. 아무 걱정 말고 편히 쉬시기나 하세요."

다음 날 꿩덕이와 색시는 신행길에 나섰네.

구렁이가 있는 산에 도착하자 벌써 구렁이가 나와 길을 막고서는 꿩덕이를 잡아먹으려 했네.

그러자 색시가 꿩덕이 앞으로 나서며 구렁이에게 말했네.

"네가 신랑을 잡아먹으면 나는 어떻게 살라는 말이냐? 네가 신랑을 잡아먹으려면 내가 평생 먹고 살 수 있도록 해 줘야지, 그렇지 않으면 잡아먹을 수 없다."

구렁이는 입에서 뭔가를 툭 뱉더니 색시에게 줬네.

보니까 여섯 모가 난 구슬이었네.

"첫 번째 모를 탁 치면서 쌀 나오라면 쌀 나오고,

두 번째 모를 탁 치면서 돈 나오라면 돈 나오고,

세 번째 모를 탁 치면서 옷 나오라면 옷 나오고,

네 번째 모를 탁 치면서 집 나오라면 집 나오고,

다섯 번째 모를 탁 치면서 살림살이 나오라면 살림살이가 나온다.

평생 먹고 사는 데 아무 걱정 없을 것이다."

색시가 물었네.

"모는 모두 여섯 인데 왜 다섯모만 알려 주느냐? 여섯 번째 모는 무엇이냐?"

"여섯 번째는 알 필요가 없으니 안 가르쳐 주는 것이다."

"무슨 소리냐? 여섯 번째 모까지 모두 알려 주지 않으면 신랑을 절대 잡아먹을 수 없다. 빨리 알려 주던가 아니면 우리를 그냥 보내 줘야 한다."

색시는 구렁이에게 맞서 끝까지 버텼네.

구렁이가 할 수 없다는 듯이 대답했네.

"여섯 번째 모는 미운 사람 앞에 대고 '너 죽어라' 하면 죽는 모다."

색시는 그 말을 듣자마자 구렁이 앞에 구슬을 대고 말했네.

"너 죽어라!"

그러자 구렁이는 그 자리에서 바로 죽었다네.

색시는 꿩덕이 목숨도 구하고, 보물도 얻었다네.

두 사람은 아주아주 행복하게 잘 살았네.

그런데 말이야, 발 없는 말이 천리 간다고 꿩덕이와 색시가 무엇이든 다 나오는 구슬을 갖고 있다는 소문이 퍼졌다네.

어느 날, 누군가 이 구슬을 꿩덕이네 집에서 몰래 훔쳐갔다네.

이거 큰일 났네.

꿩덕이와 색시는 그동안 여섯 모 난 구슬 덕에 일하는 법을 잊어버렸다네.

나오는 대로 먹고,

나오는 대로 입고,

나오는 대로 썼지.

구슬이 사라지자 꿩덕이와 색시는 점점 살림살이가 어려워져서 결국 먹고 살기도 힘들어졌네.

꿩덕이네 집에서 키우던 개와 고양이도 큰일이었네.

구슬을 도둑맞고 난 뒤, 점점 먹을 게 줄어들더니 결국엔 아무것도 얻어먹을 수가 없게 됐다네.

색시는 그동안 키우던 개와 고양이를 내보내기로 했네.

"구슬이 없어지고 나니 너희 먹을 것도 챙겨 줄 수가 없구나. 미안하다. 너희는 그만 나가서 먹고 살 길을 찾아보는 게 좋겠구나."

개와 고양이는 집을 나왔네.

막상 집을 나오긴 했지만 어디로 가야 할지 알 수 없었네.

개가 말했네.

"이렇게 된 게 다 여섯 모 난 구슬을 잃어버렸기 때문이야.

우리 기왕 집을 나왔으니 구슬을 찾으며 다녀 보자."

고양이도 좋다 했네.

개와 고양이는 먹을 것을 찾아 이리 저리 다니면서도 여섯 모난 구슬이 있을 만한 곳을 찾곤 했다네.

하루는 강 건너 마을엘 가게 됐네.
으리으리한 기와집이 한 채 보였네.
개와 고양이는 뭐라도 먹으려고 몰래 그 집 곳간에 숨어 들어가려 했네.
그때였네.
방 안에서 "돈 나와라!" 하는 소리가 들리네.
개와 고양이는 두 눈을 반짝이며 얼른 곳간으로 들어갔네.
"주인집에 있던 구슬이 여기 있는 것 같지?"
"응. 집도 새집이고, 주문도 같은 걸 보면 분명 그 구슬이야."
"소리가 저 방에서 난 걸 보면 분명 저 방에 구슬이 있는 게 틀림없는데……."
개와 고양이는 어떻게 해야 방에서 구슬을 빼 올 수 있을까 고민하고 또 고민했네.
고양이가 가만 보니 곳간에 쥐들이 찍찍거리며 돌아다니고 있었네.
쥐들을 살펴보니 그 가운데 가장 몸집이 큰 쥐가 우두머리인 것 같았네.
고양이는 별안간 우두머리 쥐에게 달려들어 잡았네.

쥐들은 모두 그 자리에서 몸이 굳어 벌벌 떨었네.

고양이가 우두머리 쥐에게 말했네.

"이 집 안방 어딘가에 여섯 모가 난 구슬이 있을 것이다.

그 구슬을 찾아서 가져오너라.

만약 가져오지 못한다면 내가 너희 대장을 먹어 치울 것이다."

"송곳아! 톱아!"

우두머리 쥐가 두 마리 쥐를 불렀네.

"송곳아, 너는 송곳처럼 날카로운 이빨로 구멍을 뚫고,

톱아, 너는 톱처럼 생긴 이빨로 뭐든지 잘라내서 여섯 모 난 구슬을 찾아오너라."

얼마 지나지 않아 송곳과 톱이 여섯 모 난 구슬을 찾아왔네.

고양이는 우두머리 쥐를 놔주었네.

그리고 개와 함께 그 집을 빠져나와 주인집으로 달려갔다네.

그런데 이를 어째?

마음은 급한데 강이 앞을 가로막고 있네.

나룻배는 있었지만 뱃사공이 없으니 타고 갈 수가 없네.

개가 말했네.

"고양아, 내가 너를 업고 헤엄쳐 갈 테니 내 등에 올라타."

고양이는 여섯 모 난 구슬을 입에 물고 개의 등에 올라탔네.

개는 헤엄치기 시작했네.

한참을 헤엄쳐 강 중간쯤 왔을 때였네.

개는 고양이가 구슬을 잘 물고 있는지 궁금했다네.

"고양아, 구슬 잘 갖고 있지?"

고양이는 입에 구슬을 물고 있어서 대답을 할 수가 없었네.

조금 있다 개가 또 물었네.

"고양아, 구슬 잘 갖고 있지?"

고양이는 이번에도 대답을 할 수가 없었네.

거의 강가에 도착할 때였네.

개가 고양이에게 또 물었네.

"고양아, 구슬 잘 갖고 있지?"

이번에도 대답이 없자 개는 버럭 화가 났네.

"고양아, 구슬 갖고 있냐고? 왜 대답을 안 해?"

그러자 고양이도 그만 화를 벌컥 내며 말했네.

"그래. 갖고 있……어."

고양이가 입을 벌리자 물고 있던 구슬이……,

그만 강물 속에 쏙 빠져 버리고 말았네.

깜짝 놀란 고양이도 펄쩍 뛰다 물속에 풍덩 빠지고 말았다네.

그제야 개도 무슨 일이 벌어진 건지 깨달았네.

개와 고양이는 겨우 겨우 강가에 도착했네.

개는 미안해서 고양이 눈치만 슬금슬금 봤네.

고양이는 어이 없이 강에 빠져 버린 구슬 생각에 우두커니 강가에 앉아만 있었네.

하지만 그렇게 있어 봐야 강에 빠진 구슬이 돌아올 리 없었네.

고양이가 일어나서 집으로 가려는데, 강가에 낚시질 하는 사람이 보였네.

꼬르르륵.

고양이 배 속에서 소리가 났네. 고양이는 배가 고팠네.

그래, 낚시꾼이 한 발이나 되는 커다란 잉어를 잡아 올리는 순간,

고양이는 냅다 달려들어 잉어를 잡아 채 도망을 가서 뜯어먹기 시작했다네.

한참 먹고 있는데, 뭔가 딱딱한 게 입에 걸렸네. 뱉어 보니, 구슬이었다네.

고양이가 떨어뜨린 구슬을 잉어가 삼켰던 것이라네.

고양이는 개를 불러 함께 집으로 달려갔네.

꿩덕이와 색시는 다시 잘 살게 됐네.

색시는 꿩덕이 목숨을 구하고 얻은 구슬을 더욱 귀하게 여겼네.

구슬을 되찾아 준 개와 고양이의 은혜도 잊지 않았다네.

그리고 더 이상 구슬만 믿지 않았네.

나오는 대로 먹고,

나오는 대로 입고,

나오는 대로 쓰는 일은 더 이상 없었네.

일하는 법도 다시 익히고, 구슬은 정말 꼭 필요할 때만 살짝 꺼내 썼네.

구슬을 꺼내 쓸 일은 점점 줄어들었고, 결국 구슬은 꺼내지 않게 됐다네.

그러다 보니 언제부턴가 구슬이 있었다는 사실 조차 까맣게 잊었네.

여섯 모 난 구슬이 전해지지 않는 건 바로 이 때문이라네.

하고 싶은 말은
당당하게 해야지.

# #
암탉이 울면 알을 낳는다

혹시 믿을까 모르겠는데 말이야,

내가 어렸을 때는 교과서가 아주 재미있는 읽을거리였어.

'교과서가 지금보다 훨씬 좋았냐?' 하면 그건 아니야.

다만 읽을 책이 별로 없었기 때문이지.

내가 지금까지도 기억하는 이야기 가운데는 교과서에 실렸던 이야기가 참 많아.

'개와 고양이'도 그 가운데 하나지.

이 이야기가 특별히 기억나는 데에는 다 이유가 있어.

이야기가 재밌기도 했지만 몇 가지 의문이 도저히 풀리지가 않았거든.

할머니가 방물장사로 변장한 욕심쟁이에게 어이 없이 속아 넘어가는 것도 이해가 안 됐고,

개와 고양이가 그동안 길러 줬다는 것만으로 구슬을 찾아나서는 것도 그랬어.

또 개와 고양이가 똑같이 애썼는데도, 고양이가 구슬을 물고 왔다는 것만으로 고양이만 집 안에서 편하게 지내고, 개는 집 밖에

서 지내게 된 건 정말 불만이었어.

하지만 아무도 내 의문을 풀어 주는 사람은 없었어.

그러다 보니 늘 문득문득 이 이야기가 떠오르곤 했지.

'도대체 왜 그럴까?' 하고 말이야.

게다가 내가 어렸을 때는 개를 기르는 집이 참 많았어.

길에는 늘 개가 쏘다니고 있었어.

그러니 생각을 안 하려 해도 안 할 수가 없었지.

아, 물론 지금도 개를 기르는 집은 참 많아.

하지만 지금이랑 그때는 차이가 있어.

지금은 개가 집 안에서 사람들이랑 같이 살지만, 그때는 개가 집 안에 들어와 같이 사는 건 꿈도 못 꿨지.

개는 당연히 마당에서 사는 거였어.

목줄 같은 걸 매어두는 경우도 거의 없었어.

개들은 마당에서 지내다 대문이 열리면 밖으로 나가 실컷 돌아다니다 집으로 돌아왔지.

사람들이 먹다 남긴 음식을 먹기도 하고, 때로는 길을 돌아다니다 쓰레기통을 뒤지기도 하고, 때로는 길거리에 뒹구는 똥을 먹기도 했어.

지금 개가 사람이랑 지내는 걸 생각하면 전혀 다른 방식의 삶이지만 그래도 개는 사람과 더불어 사는 동물이었지.

하지만 고양이는 좀 달랐어.

개는 집집마다 거의 있었지만 고양이를 기르는 집은 드물었어.

내가 볼 수 있었던 건 주인 없는 들고양이들이었어.

우리 집에서는 새를 키웠는데, 가끔 고양이가 와서 새장 문을 열고 새를 잡아가곤 했어.

그러니 고양이를 집 안에서 예뻐하며 기르는 모습은 더욱 이해하기 어려웠지.

고양이를 기르는 집은 중학교에 올라가서야 겨우 보게 됐어.

고양이를 기르는 집은 어느 집이나 개와는 달리 집 안에서도 자유롭게 돌아다니게 해 줬어.

고양이는 깨끗한 동물이라서 화장실을 만들어 주면 똥이나 오줌도 거기서만 누고, 또 쥐를 잡아 주기도 한다면서 말이야.

개는 밖에서 키우고, 고양이는 집 안에서 키우는 이유를 알듯 말듯 했어.

그러다 어른이 된 어느 날, 바로 이 이야기를 발견했어.

이 이야기는 내가 알던 '개와 고양이' 이야기 앞에 다른 이야기가 붙어 있었어.

야호!

이 이야기는 그동안 내가 '개와 고양이'에 대해 갖고 있는 의문을 한 방에 날려 줬어.

이 이야기에는 할머니가 어이 없이 속아 넘어가는 장면도 없었

고, 개와 고양이도 그동안 길러 준 은혜를 갚기 위해 구슬을 찾아
나선 게 아니었지.

꿩덕이네서 더 이상 얻어먹을 수가 없어 집을 나왔기 때문이
었어.

또 개와 고양이는 똑같이 꿩덕이와 색시의 사랑을 받으며 살
았어.

"맞아, 맞아!"

모든 장면이 다 고개를 끄덕이게 했어.

게다가 꿩덕이 색시는 왜 이렇게 현명하고 당당한지.

무시무시한 구렁이를 물리칠 수 있는 꾀를 생각해 내는 것도 그
렇지만, 구렁이 앞에서도 기죽지 않고 당당하게 자기가 할 말을 하
는 모습은 너무 멋져 보였어.

여러 모로 내 맘에 쏙 들었지.

색시가 없었더라면 꿩덕이는 구렁이한테 목숨을 잃었을 거야.

당연히 여섯 모난 구슬을 얻지도 못했을 테고 말이야.

"암탉이 울면 집안이 망한다!"

내가 제일 싫어하는 말 가운데 하나야.

요즘엔 이런 말을 하는 사람이 거의 없지만, 어렸을 땐 이 말을
흔히 들었지.

여자는 남자 앞에 나서지 못했어.

아주 답답했지.

도대체 이런 말이 왜 나온 건지 알 수가 없었어.

그리고 언제부턴가 이런 말을 하는 남자들이 못난이처럼 여겨지기 시작했어.

못난 남자들이나 괜히 이런 말로 여자들을 옭아매고 잘난 척한다는 걸 알게 됐거든.

꿩덕이 색시를 봐.

만약 색시가 아니었으면 꿩덕이가 무사했겠어?

또 꿩덕이가 여자 말이라 안 듣고 색시를 무시했더라면 어떻게 됐겠어?

이런 걸 보면 꿩덕이도 여자 말을 안 듣는 못난 남자는 아니었던 것 같아.

현명한 색시와 그런 색시를 알아주는 꿩덕이.

이런 걸 천생연분이라고 하겠지?

❀
∶ ∶
❀

우렁 각시

옛날 어느 산골 가난한 집에, 늙도록 장가 못 간 총각이 있었네.

하루는 논에 나가 한참이나 일을 하던 총각이 한숨을 내쉬며 말했네.

"이 농사를 지어 뭐 할꼬. 이 농사는 누구랑 먹고 살꼬."

그러자 어디선가 "누구랑 먹고 살긴, 나랑 먹고 살지." 하는 소리가 들리네.

총각이 주위를 둘러봤지만 아무도 안 보였지.

이상하다 하며 다시 한번 말했네.

"이 농사를 지어 뭐 할꼬. 이 농사는 누구랑 먹고 살꼬."

그러자 또 다시 "누구랑 먹고 살긴, 나랑 먹고 살지".

총각이 다시 주위를 둘러봤지만 역시 아무도 안 보였네.

총각은 다시 귀를 기울이며 말했네.

"이 농사를 지어 뭐 할꼬. 이 농사는 누구랑 먹고 살꼬."

"누구랑 먹고 살긴, 나랑 먹고 살지."

총각은 소리가 나는 곳으로 가 봤다네.

하지만 그곳엔 아무도 없었네.

대신 아주 커다란 우렁이가 하나 있었네.

총각은 그 우렁이를 집으로 가져왔네.

단지 하나를 깨끗이 씻어서, 그 안에 맑은 물을 붓고 우렁이를 넣어 두었다네.

다음 날이었네.

총각이 일을 하다 점심밥을 먹으러 집으로 돌아왔다네.

그런데, 아무도 없는 집에 밥상이 차려 있네.

하얀 쌀밥에 고기반찬까지, 생전 먹어 보지 못하던 밥상이었네.

배가 고프던 총각, 허겁지겁 정신없이 밥을 먹었네.

둘째 날도 마찬가지였네.

총각이 일을 하다 밥을 먹으러 집으로 돌아오니 아무도 없는 집에 밥상이 차려 있었네.

그제야 총각은 이상한 생각이 들었네.

밥을 먹으며 곰곰 생각해 봤네.

'밥상을 차려 놓을 사람이 없는데, 도대체 누가 이렇게 밥상을 차려 놓는 걸까?'

셋째 날, 총각은 일하러 나가는 척하며 몰래 숨어서 지켜봤네.

그랬더니 우렁이를 넣어 두었던 단지에서 고운 각시가 나와 밥을 한상 차려 놓고 다시 단지 속에 들어가려고 하네.

총각은 얼른 나와서 각시를 잡았네.

"가지 말고 나하고 같이 살아요."

각시가 말했네.

"아직은 때가 되지 않았습니다. 일곱 밤만 지나면 그땐 완전히 사람이 되니 그때까지 기다려 주세요."

"일곱 밤쯤 먼저 같이 산다고 뭐가 달라집니까. 그러지 말고 나랑 같이 살아요."

"지금 함께 살면 슬픈 일이 생기니 조금만 더 기다려 주세요."

하지만 총각은 각시 치맛자락을 잡고 놓아 주지를 않았네.

각시는 할 수 없이 그날부터 총각과 함께 살았다네.

총각은 각시랑 함께 살게 되자 어찌나 좋던지 각시 뒤만 졸졸 따라다녔네.

각시가 밥을 지을 때도, 빨래를 하러 갈 때도, 각시 뒤만 졸졸 따라다녔네.

그러니 일을 하러 나갈 수가 없었다네.

보다 못한 각시가 총각한테 자기 얼굴 그림 두 장을 그려 줬네.

"일을 하러 나갈 때 이 그림을 가져가세요. 제가 보고 싶을 때마다 꺼내서 보세요."

총각은 각시 그림을 들고 일을 하러 나갔네.

한 장은 밭 이쪽에 있는 나무에 붙여 놓고, 또 한 장은 밭 저쪽에 있는 나무에 붙여 놓고 밭을 매기 시작했네.

한 이랑 매고 각시 얼굴 보고,

두 이랑 매고 각시 얼굴 보고,

세 이랑 매고 각시 얼굴을 봤다네.

각시 얼굴이 어찌나 보고 싶던지 저절로 몸이 빠르게 움직였네. 사흘치 일을 하루 만에 다 해치웠네.

그런데 하루는 총각이 각시 그림을 붙여 놓고 밭을 매고 있는데, 갑자기 회오리바람이 불어와 각시 그림 두 개를 똑 떼어서 공중에서 뱅뱅뱅 돌리더니 어디론가 싹 가지고 가 버렸네.

총각은 어이가 없었네.

더 이상 일을 할 기운이 없어 털레털레 집으로 돌아왔다네.

각시가 물었네.

"어쩐 일로 이리 빨리 돌아오셨습니까? 그림은 어쩌시고요?"

"난데없이 회오리바람이 불더니 그림이 똑 떨어져 날아가고 말았소. 순식간의 일이라 어디로 날아갔는지 흔적도 찾을 수가 없었소."

회오리바람에 날아간 각시 그림은 사또가 있는 동헌 마당에 떨어졌다네.

그림을 본 사또가 아전들에게 호령했네.

"이 그림을 잃어버린 사람을 잡아 오너라. 그리고 이 그림 속 인물을 찾아서 가마에 싣고 오너라."

신하들은 마을을 싹싹 뒤지며 그림의 주인과 그림 속 인물인 각시를 찾기 시작했네.

마침내 신하들이 총각과 각시를 발견했네.

신하들은 각시를 억지로 가마에 태우고, 총각을 튼튼한 오랏줄로 묶어 사또에게 갔네.

사또가 총각에게 물었네.

"그래, 저 각시가 네 각시란 말이냐?"

총각이 그렇다고 하자, 사또는 화가 부글부글 나기 시작했네.

사또는 변변치 않은 총각한테 예쁜 각시가 있는 게 마음에 들지 않았네.

사또는 총각을 흠씬 두들겨 패서 내쫓고, 각시를 빼앗았다네.

각시는 쫓겨나는 총각을 향해 말했네.

"눈치 삼 년, 뜀뛰기 삼 년, 활쏘기 삼 년을 배워서 꼭 찾아오세요."

각시를 빼앗긴 총각은 너무도 억울해서 엉엉 울었네.

울고 울고, 한참을 울었네.

그러다 사또에게 끌려가면서도 간절한 눈빛으로 했던 각시 말이 떠올랐네.

"눈치 삼 년, 뜀뛰기 삼 년, 활쏘기 삼 년을 배워서 꼭 찾아오세요."

총각은 각시가 말한 대로 눈치 삼 년, 뜀뛰기 삼 년, 활쏘기 삼 년을 배울 곳을 찾아다녔네.

사람들이 말했네.

눈치 배우는 데는 장사가 제일이라고.

총각은 장사꾼들을 따라다니면서 눈치를 배웠네.

뭐든지 척 하면 알아챌 수 있는 눈치를 배웠네.

꼬박 삼 년을 배운 끝에 뭐든지 척 하면 알아챌 만큼 눈치가 아주 빨라졌네.

사람들이 말했네.

뜀뛰기 배우는 데는 땅재주꾼이 최고라고.

총각은 남사당을 쫓아다니며 땅재주를 배웠네.

"잘하면 살 판이요, 못하면 죽을 판이라!"

꼬박 삼 년을 배운 끝에 아주 뜀뛰기 명수가 됐네.

사람들이 말했네.

활쏘기를 배우는 데는 사냥이 제일이라고.

총각은 사냥꾼들을 따라다니며 활쏘기를 배웠네.

꼬박 삼 년을 따라다닌 끝에 날아다니는 새도 백발백중일 정도가 됐네.

총각은 그동안 잡은 새의 깃털로 옷을 해 입고 각시를 찾아갔네.

총각은 새털 옷을 입고 동헌 마당에서 덩실덩실 춤을 추었다네.

그 모습을 보고 우렁 각시가 빙그레 웃네.

"너, 나하고 옷을 한번 바꿔 입어 보자."

사또는 그동안 한 번도 웃지 않던 우렁 각시가 웃는 걸 보고는 자기도 우렁 각시를 웃겨 보고 싶었네.

사또는 새털 옷을 입고 거지꼴로 덩실덩실 춤을 췄네.

총각은 사또 옷을 입고 우두커니 서 있었네.

그때 각시가 총각에게 눈을 찡긋하며 말했네.

"눈치 삼 년, 뜀뛰기 삼 년, 활쏘기 삼 년은 뭐 하러 배우셨어요?"

총각은 금세 눈치를 채고 훌쩍 뜀을 뛰어 사또 자리에 앉아 소리쳤네.

"여봐라! 저기 새털 옷을 입고 춤을 추는 거지를 당장 끌어내라!"

사또는 꼼짝없이 끌려 나가고 말았다네.

이렇게 해서 총각은 우렁 각시와 다시 행복하게 살았다네.

먼저 다가가는 건
용기 있는 행동이야.

# #
우렁 각시, 넌 정말 멋진 여자야!

나는 왕 소심쟁이야.

친구를 사귈 때도 내가 먼저 다가간 경우는 별로 없어.

친구가 먼저 다가와 준 덕분에 친구가 된 거지.

(친구들아 고맙다!!)

수업 시간엔 손 한 번 들기가 왜 그리 힘들었는지…….

'손을 들어야지' 하면 가슴이 먼저 벌렁벌렁, 얼굴은 후끈후끈!

결국 손 드는 걸 포기한 게 한두 번이 아니었지.

그러니 마음에 드는 사람이 생겼을 때는 어땠겠니?

혹시라도 좋아하는 마음을 들킬까 조심조심하느라, 친해질 기회조차 놓치곤 했지.

커 가면서 조금씩 용기를 내려고 부단히 노력도 해 봤어.

덕분에 겉으로 보기엔 좀 나아진 것처럼 보이기도 했어.

하지만 속은 전혀 아니었어.

괜히 자신 있게 한마디 내뱉었다가 집에 와서 하루 종일 후회하는 게 나였으니까.

또 해야 할 말을 못 했을 땐 집에 와서 하루 종일 스스로를 탓

하고 말이야.

한마디로 이래도 문제, 저래도 문제인 문제덩어리지만 겉으론 별 표가 안 나는 아이, 그게 바로 나였어!

난 늘 활발하고 적극적인 아이들이 부러웠어.

내가 그렇게 못 하니까 말이야.

물론 왕소심쟁이가 무조건 나쁜 점만 있었던 건 아니야.

활발한 아이들보다 생각도 많이 했고, 관찰도 많이 하며 다른 아이들이 못 보는 걸 보게 될 때가 많았지.

그래도 부러운 건 부러운 거였어. 활발하고 적극적인 아이들은 내가 못 하는 일들을 척척 해냈으니까.

그런데 우렁 각시 좀 봐.

"이 농사를 지어 뭐 할꼬. 이 농사는 누구랑 먹고 살꼬." 하는 총각에게 "누구랑 먹고 살긴, 나랑 먹고 살지." 하고 총각에게 넌지시 먼저 다가가잖아.

사실 예전에는 '우렁 각시' 이야기가 참 불쾌하고 싫었어.

나도 그랬지만 대부분의 사람이 떠올리는 우렁 각시의 모습은 몰래 맛있는 밥상을 차려 놓고 사라져 버리는 거였지.

난, 자신을 드러내지 않고 몰래 총각을 위해 밥상을 차리는 그 모습이 너무 답답했어.

"어디 우렁 각시 같은 여자 없나?"

남자들이 이런 말을 할 때면 기분이 더 나빠졌지.

그런데 가만 보니 그게 아닌 것 같았어.

"누구랑 먹고 살긴, 나랑 먹고 살지." 하며 먼저 다가가는 용기 있는 여자였어.

또 날마다 밥상을 몰래 차려 놓고 총각이 자신에게 폭 빠지게 만들었지.

각시 뒤만 졸졸 따라다니느라 일도 못할 정도로 말이야.

비록 우렁 각시가 사또한테 끌려가긴 했지만, 각시에게 폭 빠진 총각은 각시 말대로 '눈치 삼 년, 뜀뛰기 삼 년, 활쏘기 삼 년'을 배워 각시를 찾으러 갔잖아.

우렁 각시는 총각에게 용기 있게 다가가고, 총각이 자신에게 빠질 수 있게 한껏 매력을 발산하고, 총각의 감춰진 재능까지 끌어낼 수 있는 현명한 여자였던 거지.

이런 우렁 각시의 매력을 제대로 알아보지 못하고 있었다니……!

나 같은 왕소심쟁이도 우렁 각시처럼 해 보면 좀 달라질 수 있으려나?

음~.

한번 우렁 각시를 롤 모델 삼아 보지 뭐.

혹시 알아?

왕소심쟁이의 장점에 우렁 각시를 더하면 훨씬 더 당차고 용기 있는 여자가 될 지도 모르잖아.

※
※ ※
※

재주 있는 처녀

옛날 옛날 한 마을에 재주 있는 처녀가 살았네.

"달그락 찰칵, 째그락 딸깍!"

베를 잘 짠다는 마을 처녀들이 한 달에 짜는 양은 기껏해야 세 필.

하지만 처녀는 하루에 세 필을 뚝딱 짜 냈네.

"재주가 이렇게 많으니 시집도 아주 잘 가겠어!"

"누구랑 혼인을 하게 될지 정말 궁금하네, 궁금해."

사람들은 누구나 재주 있는 처녀를 칭찬했네.

처녀는 말했네.

"제 재주가 이만하니, 남편감도 당연히 저만한 재주가 있어야 하지 않겠어요? 그러니 전 저처럼 큰 재주가 있는 사람이 아니면 시집을 가지 않겠어요."

처녀 아버지는 사방으로 큰 재주 가진 신랑감을 구하기 시작했네.

하지만 큰 재주 가진 사람이 어디 흔한가?

마땅한 사람을 도통 구할 수가 없었네.

야속하게 시간만 흘러 어느새

한 달, 두 달, 세 달이 흐르고,

한 해, 두 해, 세 해가 흘렀네.

처녀도 한 살, 두 살, 세 살 나이를 더 먹어 갔네.

결국 처녀는 노처녀가 되고 말았네.

처녀는 살짝 걱정되기 시작했네.

처녀 아버지도 걱정이 되기 시작했네.

큰 재주 가진 신랑감을 직접 구하러 다니기만 해서는 도저히 안 될 것만 같았네.

한참을 고민 고민하던 처녀 아버지, 마침내 결심을 했네.

많은 사람이 볼 수 있게 방을 붙여 재주 많은 사람이 찾아올 수 있게 해야겠다!

처녀 아버지는 정성스럽게 방을 써서 사방팔방 방방곡곡에 방을 붙였네.

하루에 베 세 필을 짜는 재주 있는 처녀의 사윗감을 구함.
자격 조건 : 처녀의 재주에 맞먹는 큰 재주가 있어야 함.

그러곤 재주 있는 총각이 찾아오길 기다렸네.

방을 붙이고 한참이 지난 어느 날 아침, 드디어 한 총각이 찾아
왔네.

"자넨 무슨 재주가 있는가?"

처녀 아버지가 물었네.

"저는 하루에 집 한 채를 뚝딱 지을 수 있지요. 이만하면 정말
큰 재주 아닌가요?"

총각이 대답했네.

"말만 듣고 그걸 어떻게 아나요? 집 짓는 걸 직접 봐야지요."

처녀가 말했네.

총각은 처녀의 말을 듣기가 무섭게 앞산으로 쌩하니 달려가, 대
들보며 기둥으로 쓸 커다란 나무를 도끼로 쾅쾅 베었네.

쓱쓱싹싹 톱으로 자르고,

톡탁톡탁 자귀로 깎고,

쓱쓱빡빡 대패로 밀어,

세 칸짜리 기와집을 포도동 날아가게 지었다네.

정말 기막힌 재주였네.

처녀 아버지가 처녀한테 말했네.

"총각 재주가 이만저만이 아니다. 괜히 총각을 놓치지 말고 빨리 혼인을 하자꾸나."

처녀가 말했네.

"그 총각 재주가 얼마나 되는지 내 눈으로 보고 정하겠습니다."

처녀는 총각이 지어 놓은 집으로 갔네.

포도동 날아가게 지어 놓은 기와집은 정말이지 기가 막혔네.

처녀는 집안 이쪽저쪽으로 왔다 갔다 하며 집을 꼼꼼하게 살펴 봤네.

그러다 문설주가 거꾸로 맞춰 있는 걸 발견했네.

처녀가 아버지에게 말했네.

"하루에 삼간 기와집을 짓는 재주가 있다 하나 문설주를 거꾸로 맞추면 어찌 제대로 된 기와집이라 하겠습니까? 이는 완전한 재주라 할 수 없습니다. 저는 이런 총각과는 혼인할 수가 없습니다."

처녀의 말을 듣고 보니 아버지도 그렇겠다 싶었네.

그래 총각을 보내 버렸네.

다시 한 일 년쯤 지났을 때였네.

한 총각이 방을 보았다며 처녀 집을 찾아왔네.

"자넨 무슨 재주가 있는가?"

처녀 아버지가 물었네.

"저는 하루아침에 벼룩 석 섬을 잡아 그 벼룩의 코에다 코뚜레를 해 말뚝에 매다는 재주가 있습니다."

총각이 대답했네.

"벼룩을 잡는 게 무슨 재주라 할 수 있겠나?"

처녀 아버지가 물었네.

"남들은 못 하는 일이니 재주는 재주 아니겠습니까?"

총각이 당당하게 대답했네.

처녀 아버지도 이 말을 듣고 보니 과연 그렇겠다 싶었네.

그래 다음 날 아침 일찍 와서 한번 해 보라고 했다네.

다음 날 새벽이었네.

"후닥닥후닥닥 후후후 닥닥닥."

처녀 아버지가 부산한 소리에 잠이 깨어 밖을 내다보니, 총각이 벼룩을 잡고 있었네.

그러더니 아침 먹을 때쯤엔 어느새 벼룩 석 섬을 잡아서, 코를 뚫어 코뚜레를 매기 시작했네. 점심때쯤엔 코뚜레를 한 벼룩을 말뚝에 박아서 주~욱 일자로 매놨네.

하, 참 보기 힘든 장면이었다네.

"얘야, 그 총각 참 대단하다. 하루아침에 벼룩 석 섬을 잡아서 코를 뚫고 코뚜레를 해서 말뚝에 매놨으니 이만한 큰 재주가 어디

있겠느냐? 드디어 신랑감이 나타난 것 같구나!"

처녀 아버지가 처녀에게 말했네.

"그 총각 재주가 얼마나 대단한지 내 눈으로 보고 정하겠습니다."

처녀는 벼룩 코에 코뚜레를 해서 말뚝에 매놓은 것을 하나하나 검사 했네.

반 넘어가도록 모두 완벽했네.

삼 분의 이만큼 봤지만 모두 완벽했다네.

이제 남은 건 겨우 일곱 마리.

처녀는 드디어 신랑감을 찾았나 싶었네.

그런데 이를 어쩌면 좋아.

맨 끝에서 두 번째 벼룩은 코를 못 꿰고 모가지에 매서 말뚝에 매어 있었네.

처녀는 마음이 흔들렸네.

잠깐이나마 이 총각을 놓치면 시집을 못 갈 것 같아 이 총각을 신랑으로 삼을까 싶은 마음이 들었네. 하지만 생각해 보니 이 총각이나 문설주를 거꾸로 단 총각이나 재주가 부실한 건 마찬가지네. 그래 이 총각도 그냥 보내 버렸다네.

그 후 다시 한 해, 두 해, 세 해가 흘렀네.

하지만 찾아오는 총각은 없었네.

"달그락 찰칵, 째그락 딸깍!"

베 짜는 소리는 언제나 경쾌했지만 처녀의 마음엔 늘 서늘한 바람이 불었다네.

아무리 찾아도 처녀의 마음에 드는 재주 있는 총각은 보이지 않으니, 아무래도 혼인하긴 그른 것만 같았네. 나이가 들다 보니 더이상 혼처도 나서지 않았네.

처녀는 문득문득 이렇게 살 바에야 차라리 죽을 수밖에 없다는 생각을 하게 됐다네.

그리고 어느 날, 처녀는 결국 죽기로 마음을 먹었네.

높고 높은 산꼭대기 절벽에 올라 눈을 딱 감고 심청이 인당수에 빠지듯이 치마를 뒤집어쓰고 아래로 뛰어내렸네.

그런데, 분명 죽으려고 높은 바위에서 떨어졌는데 '픽' 하는 소리와 함께 몸이 더 이상 떨어지지 않았네.

이상하다 싶어 살짝 눈을 떠 보니까, 웬 떠꺼머리총각이 보이네.

깜짝 놀라 눈을 번쩍 떠 보니 떠꺼머리총각이 들고 있는 소쿠리 위에 처녀가 있었네.

떠꺼머리총각이 말했네.

"웬 처녀길래 생목숨을 끊으려고 하시오."

처녀가 깜짝 놀라 물었네.

"아니, 도대체 당신은 누구요? 사람이요? 귀신이요?"

떠꺼머리총각이 대답했네.

"아, 사람이니까 사람을 살리지. 사람 아니면 누가 사람을 살릴 수가 있소."

처녀가 다시 물었네.

"어떻게 저를 살리셨나요?"

떠꺼머리총각이 대답했네.

"이 근처를 지나가는데 사람이 떨어지고 있어서 얼른 대나무밭에 가서 대를 싹둑 자르고 쪼개서 소쿠리를 얼기설기 짜서는 당신을 받아냈소."

처녀는 가만히 생각해 봤다네.

하루아침에 베를 세 필씩 짜는 재주도 좋고,

하루아침에 포도동 날아갈 듯한 기와집을 짓는 재주도 좋고,

하루아침에 벼룩 석 섬을 잡아 코를 꿰어 코뚜레를 해서 말뚝에 매어 놓는 재주도 좋지만,

뭐니 뭐니 해도 죽으려는 사람 살리는 재주가 제일인 것 같았네.

처녀는 떠꺼머리총각에게 자기가 죽으려고 했던 사연을 다 이야기하고 같이 살자고 했네.

떠꺼머리총각도 처녀가 아주 마음에 들었다네.

이렇게 해서 하루에 베 세 필 짜는 재주 있는 처녀와 사람 살리는 재주가 있는 떠꺼머리총각은 혼인을 했네. 두 사람은 아들 낳고 딸 낳고 오래오래 행복하게 살았다네.

그런데 재주 있는 엄마 아빠가 낳은 아이들도 엄마 아빠만큼 재주가 많았을까?

아직 못 찾은 것뿐
누구나 재주는 있어.

# #
재주가 좋다한들 사람이 제일이지!

나는 손재주가 젬병이야.

손으로 하는 것은 잘하는 게 하나도 없어.

그래서 수업 시간에 뭔가를 만들어야 할 때가 제일 싫었어.

특히 미술 시간은 최악이었어.

다른 아이들은 멋지게 그림을 그리는데, 내 그림은 언제나 괴상

망측했어.

만들기나 종이 접기를 할 때도 마찬가지였어.

아무리 열심히 해도 모든 게 삐뚤어져 있었어.

"여자는 손이 야무져야 잘 사는 법인데……."

어른들이 하는 말을 들을 때마다 나는 점점 작아지고 말았지.

누구에게나 재주 하나씩은 있는 법!

나는 이 말을 믿고 또 믿었어.

나한테도 뭔가 재주가 있을 거라 스스로를 다독였어.

하지만 나한테도 있을 그 재주는 쉽게 나타나지 않았지.

어른이 되고 난 뒤에도 마찬가지였어.

한 번은 우연한 기회에 아는 분이 그림을 가르쳐 주시겠다고 해

서 미술학원에 다니게 됐어.

누구나 연습을 하면 잘 그릴 수 있다며 다독여 주셨어.

그런데 한 일 년쯤 지났을 때였나?

"야, 너는 안 되겠다. 그냥 심심할 때 놀러나 와라."

"!!!"

그 뒤로도 젬병인 손재주 때문에 속상했던 적이 여러 번이었어.

가장 속상했던 건 우리 아이 때문이었어.

아이랑 같이 텔레비전을 보고 있는데, 발도르프 인형 만드는 게 나왔어.

"엄마가 저 인형 만들어 줄까?"

그러자 아이가 하는 말!

"엄마, 괜히 망치지 말고 그냥 사."

"......"

이때가 네 살 때였어.

네 살짜리 아이에게도 내 솜씨는 어지간히 어수룩해 보였나 봐.

내 딴에는 그동안 멋진 엄마처럼 보이려고 제법 노력을 했는데 말이야.

속상하긴 하지만 어쩔 수 없지 뭐.

그 전에 만날 그림을 그려달라고 하더니, 언제부턴가 그런 부탁을 안 했던 걸 보면 이미 내 실력이 들통 났던 게 틀림없어.

역시 안 되는 건 안 되는 건가 봐.

사정이 이렇다 보니 난 재주 많은 처녀가 아주 부러웠어.

마을 처녀들이 한 달에 할 일을 하루에 해 내다니, 정말 아무도 따라하지 못할 재주를 가졌잖아.

재주 많은 처녀가 신랑감을 구하는 장면은 좀 짜증이 났어.

재주 좀 있다고 잘난 척을 어지간히 한다 싶었거든.

"야! 넌 그렇게 완벽하니?"

버럭 소리라도 질러 주고 싶었지.

한 해, 두 해, 세 해가 흐르도록 찾아오는 총각이 없을 때는 쌤통이다 싶었어.

하지만 더 이상 혼처가 나서지 않아 죽으려 절벽에서 떨어질 때는 너무 안타까웠어.

그 까짓 재주가 뭐라고, 재주 있는 총각만 찾다가 이렇게 끔찍한 결심을 하나 싶었어.

다행히 처녀는 사람 살리는 재주를 가진 떠꺼머리총각을 만나 혼인을 했지.

아마 처녀도 깨달았을 거야.

아무리 하루에 베 세 필을 짜는 대단한 재주라도 사람을 살리는 재주에 견준다면 아무것도 아니라는 것을 말이야.

음~.

그런데 재주 많은 처녀 이야기를 보면서 드디어 내 재주를 발견한 것 같아.

바로 아이랑 친구처럼 아주 친하게 지내는 재주지.

이건 엄마의 손재주가 젬병이라는 사실과 함께 우리 아이가 인
정하는 재주야.

엄마랑 아이가 친구처럼 지내기가 그리 쉽지만은 않은 거 알지?

그러니 손재주가 젬병이면 어때?

이만하면 사람 살리는 재주를 가진 총각에게 버금가는 재주
잖아?

역시 누구에게나 재주 하나씩은 있는 법이야.

혹시 '난 재주가 없어' 하는 친구들이 있다면 말이야, 나처럼 좀
더 기다려 봐.

아무도 따라하지 못할 자신만의 재주를 발견하게 될지도 몰라.

⁂

콩쥐 팥쥐

옛날 옛날 부인을 잃고 홀로 콩쥐를 키우는 아버지가 있었네.

콩쥐 아버지, 남편을 잃고 홀로 팥쥐를 키우는 어머니와 결혼했네.

아버지는 생각했네.

휴~, 이제 콩쥐는 새어머니가 잘 돌봐 주겠구나.

새어머니도 생각했네.

우리 팥쥐가 이 집에서 기죽지 않으려면 내가 잘 봐줘야겠구나.

새어머니는 콩쥐와 팥쥐에게 늘 똑같은 일을 시켰네.

하루는 새어머니가 콩쥐 팥쥐에게 밭을 매라고 했네.

"콩쥐야, 오늘은 저 산비탈에 있는 돌밭을 매고 오너라."

새어머니가 콩쥐에게 나무호미에 삼 년 묵은 겨밥을 주면서 말했네.

"팥쥐야, 오늘은 저 들판에 있는 밭을 매고 오너라."

새어머니가 팥쥐에게 쇠호미에 방금 지은 팥밥을 싸 주며 말했네.

팥쥐는 쇠호미로 슬렁슬렁 밭을 매고 팥밥을 맛있게 먹고 집으로 갔네.

콩쥐는 나뭇가지에 밥을 매달아 놓고 나무호미로 열심히 밭을 맸네.

하지만 아무리 열심히 밭을 매도 나무호미로는 돌투성이 밭이 제대로 매지지 않았네.

결국 나무호미는 돌에 걸려 툭 부러지고 말았다네.

기가 막힌 콩쥐, '밥이나 먹고 힘을 내서 어떻게 할지 생각해 보자.' 하고 밥을 먹으려는데 어디선가 까마귀들이 날아와 콩쥐가 먹을 밥을 다 먹어 버렸네.

지치고 배고픈 콩쥐, 저도 모르게 훌쩍훌쩍 눈물이 났네.

그때 하늘에서 암소 한 마리가 내려오더니 콩쥐에게 물었네.

"콩쥐야, 콩쥐야. 왜 우니?"

콩쥐가 말했네.

"일이 너무 힘들고 배도 너무 고파. 나무호미는 부러져 버렸고, 밥은 까마귀들이 다 먹어 버렸어."

암소가 말했네.

"저기 시냇물에 가서 아랫물에서는 손발을 씻고, 가운데 물에서는 몸을 씻고, 윗물에서는 머리를 감고 오렴. 그리고 명주 수건으로 손을 감아 내 밑구멍 속에 넣어보렴."

콩쥐는 암소가 말한 대로 아랫물에서는 손발 씻고, 가운데 물에서는 몸을 씻고, 윗물에서는 머리를 감고 와서 명주 수건으로 손을 감아 암소 밑구멍 속에 손을 넣었네.

암소 뱃속에는 과자며 떡이며 과일이 가득했네.

콩쥐는 실컷 먹고 남은 것을 싸서 집으로 왔다네.

근데 팥쥐랑 새어머니는 콩쥐가 밭도 제대로 안 매고 돌아왔다며 문을 닫아걸고 열어 주질 않네.

콩쥐가 가지고 온 과자며 떡이며 과일을 줄 테니 문 좀 열어 달라 했네.

팥쥐는 어디 진짜인지 보자며 문틈으로 들이밀어 보라 했네.

콩쥐가 과자며 떡을 들이밀어 주자 팥쥐는 그제야 문을 열어 줬네.

팥쥐와 새어머니는 콩쥐가 가져온 과자며 떡이며 과일을 몽땅 뺏어 먹으며 이런 맛있는 음식을 어디서 가져온 거냐고 따지듯 물었네.

콩쥐는 나무호미로 밭을 매다 나무호미가 부러진 이야기며, 까마귀가 밥을 다 먹어 버린 이야기, 암소를 만난 이야기를 모두 들려주었다네.

다음 날이었네.

새어머니는 또 콩쥐 팥쥐에게 밭을 매라고 시켰네.

콩쥐에게는 쇠호미에 방금 지은 팥밥을 싸주며 들판의 밭을 매고 오라 말했네.

팥쥐에게는 나무호미에 삼년 묵은 겨밥을 싸 주며 산비탈 돌밭을 매고 오라 말했지.

콩쥐는 쇠호미로 쓱쓱싹싹 밭을 매고 팥밥을 먹고 집으로 돌아왔네.

팥쥐는 나무호미로 슬렁슬렁 돌밭을 매는 시늉을 하다가 앙앙 울기 시작했다네.

그러자 하늘에서 암소 한 마리가 내려오더니 팥쥐에게 물었네.

"팥쥐야, 팥쥐야. 왜 우니?"

팥쥐가 말했네.

"일이 너무 힘들어 못 하겠어."

암소가 말했네.

"저기 아래 시냇물에 가서 아랫물에서는 손발을 씻고, 가운데 물에서는 몸을 씻고, 윗물에서는 머리를 감고 오렴. 그리고 명주 수건으로 손을 감아 내 밑구멍 속에 넣어 보렴."

팥쥐는 암소가 말한 대로 아랫물에서는 손발 씻고, 가운데 물에서는 몸을 씻고, 윗물에서는 머리를 감고는 두 손을 암소 밑구멍 속에 넣어 욕심껏 먹을 것을 움켜쥐었네.

하지만 욕심껏 움켜진 두 손은 빠지질 않네.

팥쥐가 자꾸 두 손을 억지로 잡아 빼려하자, 암소는 팥쥐를 매단 채 뛰기 시작했네.

산으로, 들로, 가시밭으로, 자갈밭으로, 마구 뛰었네.

온몸이 상처투성이가 된 팥쥐는 움켜쥐었던 두 손을 펴고서야 겨우 풀려날 수 있었다네.

팥쥐는 갈기갈기 찢어진 옷에 피투성이가 되어 터덜터덜 집으로 돌아가고 있었네.

새어머니는 멀리서 이 모습을 보고는 '온몸이 벌개가지고 오는 걸 보니 우리 팥쥐는 좋은 옷까지 얻어 입고 오나보다' 하고 좋아하고 있었네.

팥쥐가 집에 도착해서야 겨우 사정을 알게 된 새어머니는 콩쥐가 거짓말을 해서 이렇게 됐다며 콩쥐를 마구 두들겨 패고 야단을 쳤네.

그 후, 하루는 새어머니가 콩쥐 팥쥐에게 누가 베를 더 많이 짜나 내기를 시켰네.

콩쥐에게는 낡은 북과 볶은 콩을 주었네.

팥쥐에게는 새 북과 찰밥을 주었네.

콩쥐는 콩을 한줌 입에 털어 넣고는 오물오물 먹으면서 쉬지 않고 베를 많이 짰네.

팥쥐는 찰밥을 집어먹은 손이 찐득찐득해서 베를 조금밖에 못 짰다네.

다음 날 새어머니는 콩쥐 팥쥐에게 또 베짜기 내기를 시켰네.

이번엔 콩쥐에게 새북과 찰밥을 주고, 팥쥐에게는 낡은 북과 볶은 콩을 주었네.

콩쥐는 물을 떠다 놓고 손을 물에 적셔가며 찰밥을 떼어 먹어서 손이 찐득찐득하지 않았네. 그래서 베를 많이 짤 수 있었네.

팥쥐는 콩을 한 알 한 알 집어 먹느라 시간이 많이 걸려 베를 많이 짤 수 없었네.

이렇게 해도 팥쥐가 지고, 저렇게 해도 팥쥐가 지자 새어머니는 콩쥐를 더욱 미워했네.

어느 날, 건너 마을 일갓집에서 큰 잔치가 벌어졌네.

새어머니와 팥쥐는 비단옷을 차려입고 잔치에 갈 준비를 했네.

콩쥐는 자기도 가고 싶다고 했네.

"정 오고 싶으면 아홉 칸 방을 다 쓸고 닦고, 아홉 칸 방 아궁이의 재를 다 닦아내고, 벼 아홉 섬을 다 찧어놓고, 밑 빠진 독 아홉 개에 물을 가득 길어 놓고 오려무나."

새어머니는 이렇게 말하고 팥쥐만 데리고 잔칫집에 가 버렸네.

콩쥐는 아홉 칸 방을 다 쓸고 닦고, 아홉 칸 방 아궁이의 재를 다 닦아 냈네.

아직 일을 반도 다 못 했는데 온몸에 기운이 쏙 빠지자 콩쥐는 자기도 모르게 주저앉아 눈물을 흘렸네.

그런데 참새 떼가 날아오더니 마당에 널어놓은 벼를 쪼기 시작 했네.

깜짝 놀란 콩쥐가 "훠이, 훠이!" 하고 참새 떼를 쫓았네.

한참 새들을 쫓고 나서 보니 벼 아홉 섬의 껍질은 다 날아가고 쌀알만 고스란히 남아 있네.

참새들이 벼를 쪼아 먹으려 한 게 아니라 콩쥐를 도와 벼를 찧 어 준 것이라네.

이제 밑 빠진 아홉 항아리에 물을 길어놓는 일만 남았네.

두꺼비 아홉 마리가 엉금엉금 기어 오더니 밑 빠진 항아리에 들 어가 엎드리고는 물을 길어 부으라 하네.

콩쥐는 두꺼비들 덕분에 밑 빠진 아홉 항아리에 물을 가득 채 울 수가 있었네.

일을 마친 콩쥐는 잔칫집에 갈 준비를 했네.

그런데 아무리 뒤져 봐도 잔칫집에 입고 갈만한 옷이 없었네.

콩쥐는 너무 슬퍼 울음이 터져 나왔네.

그러자 하늘에서 암소가 내려와서는 고운 비단 옷과 꽃신 한 켤 레를 주었네.

콩쥐는 비단 옷을 입고, 꽃신을 신고 급히 잔칫집으로 갔네.

잔칫집에 온 사람들은 콩쥐를 들여다보고, 옷을 만져 보고, 신을 굽어보고 "그 처녀 참 잘 생겼다", "옷도 참 곱다", "신도 참 예쁘기도 하다" 하며 모여들었네.

새어머니와 팥쥐가 와서 보고는 그 처녀가 콩쥐인 것을 알고 왜 일도 안 하고 여기 왔냐며 야단치고 난리가 났네.

콩쥐는 할 수 없이 잔치 구경도 못 하고 뛰어서 집으로 돌아와야 했네.

콩쥐가 급히 뛰어가는데, 마침 원님 행차가 지나가고 있었다네.

이를 피해 빨리 뛰어 가려던 콩쥐는 그만 꽃신 한 짝을 잃어버리고 말았네.

꽃신을 발견한 원님은 이 꽃신이 보통 꽃신이 아니라고 생각했네.

그래서 그 꽃신의 주인을 찾아 부인으로 삼기로 했네.

먼저 많은 사람이 모여 있는 잔칫집에 가서 꽃신의 주인을 찾았다네.

팥쥐가 나서서 꽃신은 자기 거라며 발을 넣어 봤네.

팥쥐 발은 너무 커서 맞지 않았네.

새어머니는 팥쥐 발가락을 자르고 억지로 다시 신겼네.

그러니 발에서는 피가 나고 걸음을 걷자니 발이 아파서 절뚝거리고 말았네.

이번엔 새어머니가 나서서 자기 신이라며 신어 봤네. 발이 너무 넓적해서 발 양쪽을 깎아내고 신었네.

원님은 자기 신도 아니면서 자기 신이라며 속이려 드는 모습에 화가 났다네.

결국 팥쥐와 새어머니는 곤장만 실컷 맞고 말았네.

꽃신은 잔칫집에 있던 그 누구에게도 맞지 않았다네.

그러자 원님은 마을 이 집 저 집을 돌아다니며 꽃신을 신겨 보기 시작했네.

하지만 이 처녀, 저 각시에게 다 신겨 봐도 꽃신이 맞는 사람은 없었네.

마침내 원님은 콩쥐 집에 와서 콩쥐에게 꽃신을 신겨 보았네.

꽃신은 콩쥐의 발에 맞춘 듯 꼭 맞았다네.

콩쥐는 잃어버린 꽃신도 찾고, 원님과 혼인도 했네.

가끔 팥쥐와 새어머니가 콩쥐의 어미네, 동생이네 하며 들락날락하긴 했지만 행복한 나날을 보냈다네.

그러던 어느 날, 원님이 멀리 길을 떠나게 되었다네.

"혹시라도 팥쥐나 새어머니가 찾아오면 절대로 문을 열어 주지 마시오."

원님은 콩쥐에게 신신당부를 했네.

아니나 다를까, 얼마 뒤 팥쥐가 콩쥐를 찾아와 문을 두드리기 시작했네.

콩쥐는 원님이 한 말도 있고 해서 문을 열지 않았네.

그랬더니 팥쥐는 "야아, 콩쥐야! 어서 문 열어. 너 주려고 팥죽을 쑤어 왔단 말이야. 팥죽 그릇이 뜨거워 손이 데겠다. 어서!" 하며 난리를 치네.

콩쥐는 그 말이 참말인 줄 알고 문을 열었네.

하지만 팥죽은 무슨 팥죽, 팥쥐 손에는 아무것도 없었네.

팥쥐는 집 안에 들어오자마자 콩쥐를 붙잡고 말했네.

"아이고, 목에 때가 어찌 이리 많니? 원님이 보면 더럽다고 쫓아내겠다. 우리 날도 덥고 하니 연못에 가서 먹이나 감자."

팥쥐는 콩쥐를 끌고 연못으로 가서는 억지로 옷을 벗겼네. 연못 깊은 곳에서 콩쥐를 왈칵 밀어 넣어 죽게 했다네.

그리고 팥쥐는 연못에서 나와 콩쥐 옷을 입고는 원님 집으로 가서 콩쥐인 척, 콩쥐 시늉을 하며 지냈네.

며칠 뒤 원님이 돌아왔네.

가만 보니 그동안 각시 얼굴이 달라진 것 같았네.

"얼굴이 왜 이리 검어졌소?"

"원님이 언제 돌아오시나 걱정하며 기다리느라 그렇습니다."

"목은 왜 이리 길어졌소?"

"원님이 언제나 오시나 목이 빠지게 기다리느라 그렇습니다."

"얼굴은 왜 이리 얽었소?"

"원님이 오시는 것을 보고 어서 가서 보려고 뛰어나가다 마당에 널어놓은 콩멍석에 넘어져서 그렇습니다."

원님은 그런가 하며 팥쥐를 콩쥐로 알고 그냥 지냈네.

하루는 연못가를 지나던 원님이 연못 한가운데에 피어 있는 고운 꽃을 보았네.

원님은 하인을 불러 그 꽃을 꺾어오라 했네.

그런데 하인이 아무리 그 꽃을 꺾으려고 해도 꺾을 수가 없었네.

결국 원님이 직접 그 꽃을 꺾으려고 연못에 들어갔는데, 그렇게 꺾이지 않던 꽃이 원님이 손을 대자 아주 쉽게 꺾어지네.

원님은 그 꽃을 방문 앞 처마 끝에 매달아 놓고 들며 바라보고, 나며 바라보고 했네.

그때마다 꽃은 원님의 얼굴을 부드럽게 쓰다듬으며 방긋 웃는 듯 했네.

하지만 팥쥐가 방에 들며 날 때에는, 꽃은 금방 꽃잎이 시든 듯 오므리며 팥쥐의 머리를 쥐어뜯고 얼굴을 할퀴었다네.

팥쥐는 화가 나서 그 꽃을 떼어다가 부엌 아궁이에 집어넣고 태워 버렸네.

얼마 뒤, 이웃에 사는 할머니가 원님 집에 와서 부엌 아궁이의 불씨를 얻어 갔네.

　할머니가 집에 가서 불씨를 헤쳐 보니 그 속에서 구슬이 나왔네.

　할머니는 구슬을 깨끗이 닦아 비단 헝겊에 싸서 장롱 속에 잘 넣어두었네.

　그 뒤부터 할머니가 어디 나갔다 돌아오면 잘 차린 밥상이 놓여 있었네.

　'참 이상한 일도 다 있다.'

　할머니가 하루는 몰래 숨어서 지켜봤더니, 장롱 안에서 고운 색시가 나와서 음식을 한 상 잘 차리고 있네.

　할머니는 얼른 색시 앞에 나가 누구냐고 물었네.

　색시는 자기는 콩쥐라고 말하고, 그동안 있었던 일을 모두 들려주었다네.

　콩쥐는 할머니한테 부탁 하나를 했네.

　"원님께 밥 한 끼만 대접해 드리고 싶습니다. 원님을 모시고 와 주세요."

　할머니는 콩쥐 말을 듣고 원님에게 가서 식사 한 끼 대접하고 싶다며 청했네.

　원님이 와서 보니, 밥상이 아주 잘 차려 있었네.

　그런데 이상하게도 젓가락이 짝짝이였다네.

　"아니, 어째서 젓가락이 짝짝인가?"

　원님이 물었네.

그러자 장롱 속에서 콩쥐가 나와 말했네.

"원님, 젓가락이 짝짝이인 건 아시면서 어찌 각시가 바뀐 것은 모르십니까?"

원님이 깜짝 놀라 보니 콩쥐가 앞에 앉아 있네.

원님은 그제야 각시가 바뀐 것을 알게 됐네.

원님은 콩쥐에게 그동안 있었던 일을 다 들었네.

원님은 팥쥐와 새어머니에게 벌을 내리고 먼 곳으로 쫓아 버렸네.

그 뒤 콩쥐는 원님과 행복하게 아주 잘 살았다네.

미운 마음이든 아름다운 마음이든
모두 우리 모습이야!

# #
우리 마음속엔 늘 콩쥐와 팥쥐가 함께 있어

난 어릴 적 콩쥐처럼 느껴질 때가 많았어.

난 삼남매 가운데 둘째였는데 엄마는 나한테 늘 이렇게 말씀하셨지.

"하나밖에 없는 동생인데 네가 좀 참으렴."

"하나밖에 없는 언니한테 좀 잘 하렴."

언니는 장녀고, 동생은 장남이고, 난 아무것도 아니었지.

온 집안의 심부름은 다 내 차지였지.

하지만 난 콩쥐는 아니었어.

콩쥐는 힘든 일을 할 때 앙앙 울음을 터트리면 누군가 나타나서 도와주기라도 했는데, 나는 울어도 도와주는 사람이 없었으니까.

난 둘째로 태어난 것이 너무 억울했어.

그럴 때마다 난 생각했어.

'우리 엄마는 진짜 엄마가 아닐지도 몰라.'

하지만 내 얼굴은 아빠랑 붕어빵처럼 꼭 닮아서 이런 상상은 곧 깨질 수밖에 없었어.

그래도 엄마가 원망스러울 때면 난 아니라는 걸 빤히 알면서도

'우리 엄마는 진짜 엄마가 아닐 거야'라고 주문을 걸듯 되뇌고 엄마에 대한 불만을 속으로 터트렸지.

이렇게 한참을 하고 나면 기분이 좀 풀렸지.

그럼 다시 기분이 좋아졌어.

속에 뭉쳤던 마음을 가짜 엄마한테 퍼부은 덕이지.

가짜 엄마가 진짜 엄마 대신 내 속을 풀어 준 거야.

이렇게 하고 나면 엄마에 대한 불만은 싹 사라졌어.

만약 '우리 엄마가 진짜 엄마가 아닐 거야'라는 상상을 하지 못했다면 속상한 마음을 어떻게 풀었을까 몰라.

난 어른이 된 뒤에 다시 〈콩쥐 팥쥐〉를 봤어.

어렸을 때 봤던 이야기에서 콩쥐는 어려운 일이 닥칠 때마다 앙앙 울었거든.

베를 짤 때도 앙앙 울면 하늘에서 선녀가 내려와서 다 짜 주고 갔지.

그런데 새롭게 본 〈콩쥐 팥쥐〉 이야기는 달랐어.

베를 짜는 모습에서 콩쥐의 지혜로움이 묻어났지.

베를 짤 때 선녀가 내려와서 짜 주는 일은 없었어.

물론 콩쥐도 울 때가 있지.

혼자서는 그 누구도 해결하지 못할 만큼 절망적인 상황이었을 때지.

나는 그동안 알던 콩쥐와는 아주 다른, 새로운 콩쥐의 모습에 자꾸만 눈길이 갔어.

새로운 건 콩쥐만이 아니었어.

팥쥐도 새롭게 보이기 시작했어.

엄마의 사랑으로 뭐든지 할 수 있을 것만 같았던 팥쥐.

하지만 뭘 해도 콩쥐에게 밀리기만 했잖아.

아마 팥쥐도 마음이 좋지는 않았을 거야.

그러다 보니 원님과 결혼한 콩쥐에 대한 질투가 너무 커져서 끔찍한 일을 저지르기도 했고 말이야.

나쁜 인물이라는 건 분명하지만 어쩐지 안타까운 마음이 들어.

결코 미워할 수가 없어.

언제부턴가 콩쥐와 팥쥐는 서로 다른 두 사람이 아니라 내 마음 속에 있는 두 마음같이 느껴졌어.

어렸을 적 가짜 엄마와 진짜 엄마가 내 마음에 같이 있었던 것처럼 말이야.

우리 마음에 늘 콩쥐처럼 착하게 살아야지 하는 마음만 있는 건 아니잖아.

겉으로 드러나느냐 안 드러나느냐의 차이가 있을 뿐 우리 마음 속은 늘 두 가지 마음이 싸우곤 해.

마음에 안 드는 사람 앞에서 겉으로는 아무렇지도 않은 척하고 있지만, 속으론 그 사람을 골탕 먹이는 상상을 해 본 적이 있을 거야.

이렇게라도 하고 나면 조금은 속이 풀리지.

주의할 점은, 상상을 실제로 옮기면 안 된다는 것!

나에게 〈콩쥐 팥쥐〉 속의 인물은 모두 다 소중해.

콩이랑 팥이 모두 콩과에 속하는 식물인 것처럼,

콩쥐랑 팥쥐는 내 마음속에 늘 함께 있어.

＊
＊
＊

내 복에 산다

옛날 어느 마을에 딸 셋을 둔 아버지가 살았네.

젊어서 아무리 열심히 일해도 가난하기만 하던 아버지.

셋째가 태어나고 난 뒤부턴 살림이 조금씩 풀리더니 부자가 되어 남부럽지 않게 살았다네.

아버지는 세 딸을 무척 예뻐했네.

금이야 옥이야 귀여워하며 뭐든지 다 해 주었네.

아버지가 하루는 딸 셋을 불러놓고 물었네.

"첫째야, 너는 누구 덕으로 잘 먹고 잘 입고 잘 사는지 아느냐?"

첫째 딸이 답했네.

"아버지 덕으로 잘 먹고 잘 입고 잘 살지요."

"그럼 그럼, 그렇지."

이번엔 둘째에게 물었네.

"둘째야, 너는 누구 덕으로 잘 먹고 잘 입고 잘 사는지 아느냐?"

둘째 딸이 답했네.

"아버지 덕으로 잘 먹고 잘 입고 잘 살지요."

"그럼 그럼, 그렇지."

마지막으로 셋째에게 물었네.

"셋째야, 너는 누구 덕으로 잘 먹고 잘 입고 잘 사는지 아느냐?"

셋째 딸이 답했네.

"아버지 덕도 덕이지만, 무엇보다 제 복으로 잘 먹고 잘 입고 잘 살지요."

"뭐, 네 복에 잘 먹고 잘 입고 잘 살아? 그럼 나가서 네 덕에 잘 먹고 잘 입고 잘 살아 보아라!"

아버지는 버럭 화를 내며 셋째 딸을 내쫓았다네.

셋째 딸은 정처 없이 길을 갔네.

산길로 접어들어 한참을 가다 보니 조그만 오막살이가 보여 잠을 청했네.

"지나가던 행인인데 날이 저물어 더 이상 갈 수가 없네요. 여기서 하룻밤만 재워 주세요."

"귀한 집 따님 같은데 어찌 이처럼 숯이나 굽고 사는 이런 깊은 산골로 들어오셨소? 이 집은 나하고 아들하고 둘이 사는데, 방이라고는 좁은 방 하나밖에 없는 이런 곳에서 어떻게 주무시겠소?"

할머니는 이렇게 말하며 못 재워 주겠다 했네.

셋째 딸이 말했네.

"저는 갈 곳 없는 사람입니다. 이 집에서 같이 살게 해 주세요."

셋째 딸은 결국 이 집 아들과 부부가 되어 살게 되었네.

어느 날, 셋째 딸은 남편이 숯을 굽는 가마에 갔네.

가 보니 가마의 돌들이 번쩍번쩍했네. 가만 보니 숯가마를 쌓은 돌들이 모두 다 금덩이였네.

셋째 딸이 남편에게 말했네

"이 가마의 돌을 집으로 가져가요."

"아니 가마를 헐어 돌을 가져가면 숯은 어떻게 구우라는 거요?"

평생 산에서 숯만 구우며 살던 남편은 금이 얼마나 귀한 건지 몰랐네.

셋째 딸은 남편에게 금덩이 하나를 시장에 가서 팔아오라 했네.

남편은 말했네.

"이 돌멩이가 뭐이기에 누가 이까짓 것을 돈을 주고 사요?"

셋째 딸이 말했네.

"걱정 말고 가서 팔아 보기나 하세요."

"값은 얼마나 받아오면 되는 거요?"

"아무 말 말고 그냥 '제값대로만 주고 사시오'라고 말하면 돼요."

남편은 어쩔 수 없이 금덩이 하나를 지고 시장에 갔네.

얼마 뒤, 한 사람이 다가와서는 남편을 보고 말했네.

"이거 파는 건가?"

"예. 팔 겁니다."

"그래, 얼마인가?"

"제값대로만 사십시오."

"그럼 천 냥에 파시오."

"뭐랍니까? 사려면 제값대로 주고 사시오."

남편은 지금껏 숯을 팔아 봐야 두 푼이나 서 푼에 팔았는데 그깟 돌덩이를 천 냥에 팔라고 하니까 장난인 줄 알았다네.

그 사람은 그 사람대로 값을 적게 불러 그러는 줄 알았네.

"그럼 이천 냥을 주겠소."

"거 참, 장난하는 거요? 제값대로만 사시오."

이렇게 그 사람은 가격을 더 높이 부르고, 남편은 거절하고를 한참을 반복하다가, 결국엔 많은 돈을 받고 팔게 됐네.

셋째 딸은 금덩이를 팔아 논과 밭을 사서 열심히 일을 했네.

부자가 된 셋째 딸은 열두 대문 청기와 집에 살았다네.

그런데 어쩐 일인지 셋째 딸을 내쫓은 아버지는 점점 가난해졌네.

집안 살림도 다 내다팔고, 집도 팔았네.

하지만 더 이상 먹고살 수가 없어 결국 이 동네 저 동네 돌아다니며 밥을 얻어먹는 거지가 되고 말았다네.

그 아버지, 하루는 셋째 딸네 집까지 오게 됐네.

"밥 좀 주쇼." 하며 대문을 열고 들어가는데, '제 복에' 하는 소리가 나더니, 문이 닫히면서 '산다' 하고 소리가 나는 것 같았네.

다음 대문을 열고 들어가는데, 문이 열렸다 닫힐 때 또 '제 복에', '산다' 하는 소리가 나는 것 같았네.

다음 대문, 또 다음 대문을 열고 들어갈 때도 '제 복에', '산다'는 소리가 들렸네.

아버지는 내쫓았던 셋째 딸 생각에 왈칵 눈물이 났네.

"셋째야, 셋째야, 내가 잘못했다."

아버지는 나머지 대문을 밀며 정신없이 뛰어 들어갔네.

셋째 딸도 멀리서 아버지 목소리를 듣고 방에서 뛰어 나왔네.

그리고 마침내 마지막 열두 번째 대문을 열고 들어온 아버지를 보았다네.

"아버지!"

아버지가 깜짝 놀라 보니 자기가 내쫓은 셋째 딸이 눈앞에 있네.

셋째 딸은 아버지를 모시고 들어와 좋은 음식을 대접하고 그동안의 회포를 풀었네.

아버지가 말했네.

"과연 너는 네 복으로 잘 사는구나."

그 후 셋째 딸은 아버지를 모시고 오래오래 잘 살았다네.

내 복은
내가 실천한 몫!

# #
잘 되든 못 되든, 모두 나 하기 나름!

가만 생각해 보니, 난 어려서부터 툴툴 불평불만이 참 많았던 것 같아.

여자라고 차별 당한다고 불평불만,

나는 왜 이렇게 생겼을까 불평불만,

내 이름은 왜 이리 우스울까 불평불만,

난 왜 이리 잘하는 게 하나 없나 불평불만,

나는 왜 겁이 많을까 불평불만,

다른 형제들과 차별한다고 불평불만.

그러다 보니 모든 일은 다 내 탓이 아니라 다른 사람의 탓이었지.

그 중에서도 엄마 아빠 탓을 할 때가 정말 많았어.

얼굴은 엄마 아빠의 나쁜 점만 타고난 것 같았지.

이름을 웃기게 지어 준 것도 마음에 안 들었어.

그림이 잘 안 그려질 때면 언니랑 동생만 미술학원에 보내 주고 나만 안 보내 준 엄마를 원망했어.

평소엔 공부하라는 말을 전혀 하지 않는 엄마 아빠가 좋았지만, 시험 결과가 안 좋게 나올 때면 공부를 하라고 다그쳐 주지 않은 엄마 아빠를 원망했지.

나 자신을 원망한 적은?
아마도 …… 그닥 많지 않았던 것 같아.
그렇다고 스스로 아무런 노력을 하지 않았던 건 아니었어.
그거 알아?
잘 되면 내 탓! 안 되면 남 탓!
내 심보가 그랬던 것 같아.
그래야 내 맘이 편했으니까.

처음 '내 복에 산다'는 이야기를 보게 됐을 때가 생각 나.
난 셋째가 마냥 착해 보이진 않았어.
내가 엄마 아빠에 대해 불평불만이 많긴 해도, 지금껏 잘 키워 주신 건 엄마 아빠의 공이라는 건 다 알고 있거든.
그런데 셋째 딸은 너무도 당당하게 잘 먹고 잘 입고 잘 사는 게 자기 덕이라 대답하잖아.
정말 건방지기 짝이 없어 보였지.
이해하기도 어려웠어.
그래서일까?

자꾸자꾸 셋째 딸의 대답이 생각났어.

왜 셋째 딸이 그렇게 대답했을까 궁금해졌어.

셋째 딸은 나처럼 아버지에 대한 불평불만을 갖고 있는 것 같지도 않은데 말이야.

문득 내가 셋째 딸처럼 집에서 내쫓겼다면 어땠을까 생각하게 됐지.

셋째 딸처럼 지난 일을 툴툴 털고 새로운 곳에서 씩씩하게 잘 살아갈 수 있었을까?

난 자신이 없었어.

시간이 한참 지난 뒤에야, 왜 셋째 딸이 자기 복에 잘 먹고 잘 입고 잘 산다고 했는지를 좀 알 것 같았어.

아무리 똑같은 상황이라도 사람마다 받아들이는 방법은 다 달라.

아버지 덕에 잘 산다고 여기기만 했다면 어땠을까?

아버지 덕이 사라졌을 땐 스스로 잘 먹고 잘 입고 잘 사는 방법을 찾기 어려웠을지도 몰라.

혹은 평생을 아버지에 대한 원망만 하며 살고 말이야.

하지만 셋째 딸은 그렇지 않았어.

내가 잘 먹고 잘 입고 잘 사는 건 모두 내가 어떻게 하느냐에 달려 있다는 걸 알고 있던 거지.

그래서 아버지가 내쫓았을 때도 아무런 원망 없이 스스로 길을 개척해 갈 수 있었고 말이야.

정말 똑똑하고 지혜로운 셋째 딸이지 뭐야.

셋째 딸을 만난 뒤, 난 셋째 딸을 닮아가려고 노력 중이야.

아직까지는 나쁜 습관이 남아 있지만 계속 노력하다 보면 그래도 조금씩 좋아질 거라 믿으면서 말이야.

농사의 신 자청비

옛날옛적 주년국 주년뜰에 김진국 대감과 조진국 부인이 살았다네.

고대광실 높은 집과 많은 전답에 노비들을 갖춘 큰 부자였네.

걱정은 딱 하나! 슬하에 자식이 없었네.

하루는 김진국 대감이 길을 가다 큰 웃음소리를 들었다네. 그 소리 나는 곳은 다리 밑에 거적을 치고 사는 거지 집.

거지 부부는 어린아이의 재롱을 보며 웃음이 그치질 않았네.

김진국 대감이 긴 한숨을 내쉬며 말했네.

"아무리 많은 재산이 있으면 무엇 하겠느냐. 자식이 하나라도 있으면 오죽이나 좋으련만."

그 뒤로 김진국 대감의 근심은 점점 깊어 갔다네.

어느 날 동개남 상주사에 있는 한 스님이 시주를 받으러 왔다네.

김진국 대감이 스님께 물었네.

"스님, 스님! 제가 비록 부족한 것 없이 부자로 살고 있지만 자식이 없어 늘 근심입니다. 제게도 자식이 있겠습니까?"

스님이 점을 쳐 보고 답했네.

"대감님아, 대감님아. 절에 수륙공양을 드리면 아들을 얻겠습니다."

김진국 대감이 크게 기뻐하며 물었네.

"어떻게 공양을 드리면 되겠습니까?"

"백미 일백 석에 물명주, 강명주, 그리고 은 백 냥을 시주하시고 정성을 올리옵소서."

"네. 당장 그리 하지요."

김진국 대감은 동개남 상주사 스님께 굳게 약속을 했네.

김진국 대감은 백미 일백 석과 물명주, 강명주 그리고 은 백 냥을 준비해서 검은 암소에 싣고 동개남 상주사로 떠났네. 험한 산길에 숨은 턱까지 차올랐지만 귀한 자식을 얻을 생각에 힘든 줄도 몰랐다네.

한참을 가다 잠시 쉬고 있는데, 웬 스님 한 분이 나타나 난데없이 인사를 하네.

"스님, 스님은 누구신지요?"

"네, 소승은 서개남 백금사에 있습니다."

"무슨 이유로 이곳에 나오셨는지요?"

"소승이 오행팔괘를 살펴보니 대감님이 동개남 상주사로 가시는 것 같아 찾아왔습니다. 동개남 상주사에는 신령이 없사옵니다. 신령이 있는 우리 서개남 백금사에 공양을 하시는 게 어떠하신지요?"

김진국 대감은 동개남 상주사에 영험이 없단 말에 마음이 흔들렸다네. 조금이라도 신령이 더 있는 절에 공양을 해야 할 것만 같았네.

결국 김진국 대감은 동개남 상주사로 향하던 발걸음을 거두고 서개남 백금사에 시주를 하고 그곳에서 백일기도를 올렸다네.

동개남 상주사 스님은 김진국 대감이 중간에 발걸음을 돌려 서개남 백금사로 갔다는 것을 알고는 혼자 중얼거렸네.

"대감님아, 대감님아. 어이 발길을 돌리셨나이까? 이제 대감님은 아들을 보시진 못할 것입니다. 아들은 다른 사람의 몸으로 갈 것이옵니다."

백일기도를 마치고 집에 돌아오자 조진국 부인에게서 태기가 보였다네.

김진국 대감네 하인인 정수덕한테도 태기가 보였다네.

하루는 조진국 부인이 청감주에 호박 나물 안주를 먹는 꿈을 꾸었네. 해몽하는 사람을 불러 물어보니 여자아이가 생길 꿈이라네.

곁에 있던 정수덕이 자기는 소주에 제육 안주를 먹는 꿈을 꾸었다 했네. 그러자 해몽하는 사람이 말하기를 남자아이를 낳을 꿈이라네.

석달 열흘이 지나 조진국 부인은 여자아이를 낳았네. 앞이마는 햇님이요, 뒷이마는 달님이고, 양 어깨는 샛별이 오송송 박힌 듯한 귀여운 아이였네. 자청하여 낳은 자식이라 자청비라 이름 지었다네.

한날한시에 하인 정수덕도 남자아이를 낳고 정수남이 이름 지었다네.

귀하게 태어난 자청비, 여섯 살까지 아버지 무릎 위에서만 놀았네.

씩씩하고 총명한 자청비, 일곱 살부터는 글공부를 시작했네.

솜씨가 남다른 자청비, 상다락과 중다락, 하다락에 각각 베틀을 놓고 비단을 짰네.

하지만 정수남은 먹는 일에만 재빠를 뿐 늘 빈둥빈둥하며 낮잠만 잤네.

하루는 자청비가 밥상을 들고 들어오는 정수덕의 손을 봤다네.
"넌 어찌 그리 손이 고우냐?"
자청비가 묻자 정수덕이 대답했네.
"주천강에 가 빨래를 하니 손이 고와졌습니다."

"그럼 나도 빨래를 하러 가야겠다."

자청비는 빨랫감을 챙겨들고 주천강으로 향했네.

마침 그때 하늘나라 옥황 문곡성 문도령이 거무 선생에게 글공부를 하러 주천강에 내려왔다네. 문도령은 빨래하는 자청비의 어여쁜 모습에 반하고 말았네.

"길 가는 사람인데 물 좀 얻어 마실 수 있는지요?"

자청비는 휘휘 물을 세 번 휘젓고 물을 떠서는, 버드나무 잎을 동동 띄워 문도령에게 줬네.

문도령이 책망하며 말했네.

"허허, 얼굴은 어여쁘나 마음씨가 고약하다."

자청비가 말했네.

"도령님아, 도령님아. 모르는 말 마십시오. 먼 길 걷는 사람이 목이 마를 때, 급하게 물을 먹다가 체하면 약도 없는 법입니다."

문도령은 자청비의 말에 감탄하며 고맙다 인사했네.

다시 길을 가려 하는데, 문득 자청비가 물었네.

"도령님아, 도령님아. 어느 곳으로 가십니까?"

"거무 선생께 글공부 가는 길입니다."

"도령님아, 도령님아. 저는 김진국 대감의 딸 자청비라고 하옵니다. 저희 오라비도 마침 거무 선생께 글공부 가려는 참인데, 같이 가시면 어떠신지요?"

"좋습니다. 속히 준비하고 오라고 하십시오."

자청비는 급히 빨래를 거두며 말했네.

"그러면 여기에서 좀 기다려 주십시오."

자청비는 집으로 달려가 아버지에게 말했네.

"아버님아, 아버님아. 저도 거무 선생께 글공부 하러 가게 해 주십시오."

"계집아이가 그만하면 글공부는 되었다. 글공부는 무엇 하러 간단 말이냐?"

"아버님아, 아버님아. 내일이라도 아버님이 세상을 떠나시면 기일 제사에 축지방은 누가 씁니까? 제가 공부하여 쓰렵니다."

"듣고 보니 그것도 그렇구나. 그럼 어서 글공부 가거라."

자청비는 아버지 승낙이 떨어지자마자 자기 방으로 달려가 입고 있던 옷을 벗고 남자 옷으로 갈아입었네. 그리고 부모님께 작별 인사를 드린 뒤 문도령이 기다리는 곳으로 횅하니 내달았다네.

자청비는 오빠인 척, 주천강에서 기다리던 문도령을 만나 인사를 했네.

"처음 뵈옵니다. 자청비의 오라비 자청도령입니다."

"저는 하늘나라 옥황 문곡성 문도령입니다."

아무것도 모르는 문도령은 남매가 무척 닮았다고만 생각했네.

자청비와 문도령, 거무 선생에게 가며 이런저런 이야기를 하다가 두 사람이 같은 해 같은 날에 태어났다는 것을 알았네. 두 사람 모두 보통 인연이 아니란 생각에 서로를 더욱 가깝게 여겼네.

자청비와 문도령은 거무 선생 댁에서 한솥밥을 같이 먹고, 한방에서 같이 자고, 한 서당에서 같이 공부하게 됐네.

밤에 잠을 자려는데 자청비가 물이 가득 든 은대야를 자청비와 문도령 사이에 갖다 놓고는 그 위에 은젓가락 놋젓가락을 걸쳐 놓았다네.

"자네는 어째서 은대야에 물을 떠서 은젓가락 놋젓가락을 걸쳐 놓고 잠을 자려 하는가?"

문도령이 묻자 자청비가 대답했네.

"아버님께서 이렇듯 은대야에 물을 떠서 은젓가락 놋젓가락을 걸쳐놓고 옆에서 자되, 은젓가락 놋젓가락이 떨어지지 않게 자야 글공부가 잘된다고 이르더이다."

문도령은 글공부가 잘된다는 말에 자기도 그렇게 하기로 했네. 두 사람은 각각 은대야에 물을 떠서 그 위에 은젓가락 놋젓가락을 걸쳐놓고 잠을 잤네. 잠버릇이 얌전한 자청비는 잠을 잘 잤지만 잠버릇이 험한 문도령은 조심스러워서 밤새 뒤척거리느라 잠을 제대로 잘 수 없었네.

밤새 잠을 잘 잔 자청비는 공부하는 데 전혀 지장이 없으니 공부를 잘 할 수 있었네.

하지만 밤에 잠을 제대로 못 잔 문도령은 낮에도 서당에서 조느라 늘 비몽사몽, 공부를 제대로 할 수 없었네. 문도령의 글공부 실력은 자청비에게 점점 밀렸다네.

한 달, 두 달, 세 달이 가자 문도령은 자청비가 의심스러웠네. 자청비는 생김새도 여자처럼 곱상했고, 함께 오줌을 누거나 목욕을 하는 일도 없었네. 아무래도 여자 같기만 했네. 게다가 자청비에게 계속 밀리는 공부 때문에 화가 났네. 자청비 코를 납작하게 누르고 싶었네. 그래 문도령은 자청비에게 내기를 걸었다네.

"자청도령아, 자청도령아. 자네가 글재주는 좋지만 다른 재주는 나한테 질 것이다."

"무슨 재주길래 그리 말씀하시오?"

"오줌 갈기기 내기 어떠냐? 사내라면 해 볼 만한 내기 아니냐."

자청비는 짐짓 아무렇지도 않은 채 대답했다네.

"좋소이다. 어디 한번 해 봅시다."

그날 밤, 자청비는 어떻게 해야 오줌 갈기기 내기를 할 수 있을지 고민하느라 밤을 하얗게 지냈네. 하지만 기어코 방법을 찾아내고야 말았네.

다음 날, 드디어 자청비와 문도령이 오줌 갈기기 내기를 했네.

"내가 먼저 해 보지."

문도령이 여유를 부리며 먼저 오줌을 갈겼네. 오줌발은 여섯 발이나 나갔네. 자신만만한 문도령, 자청비를 보고 씩 웃으며 말했네.

"어허, 과연 이걸 이길 수 있으려나."

자청비가 말했네.

"글쎄, 나도 한번 해 볼까?"

이번엔 자청비가 오줌을 갈겼네. 문도령은 그만 두 눈이 휘둥그레지고 말았네. 자청비의 오줌발은 열두 발이나 나갔다네.

문도령은 두 손을 내저으며 말했네.

"내가 졌네. 내가 졌어."

자청비는 돌아서서 빙긋 웃었네. 사실 자청비가 이길 수 있었던 건 대나무 물총 덕분이었네. 대나무를 잘라 물을 넣고는 바짓가랑이에 끼워두었다가 오줌을 갈기는 척 하며 대나무 물총을 쏜 것이라네. 자청비가 밤새 고민을 하며 생각해 낸 방법이었다네.

문도령은 글공부도 밀리고, 자기가 제안한 재주까지 밀리고 보니 그만 면목이 없었네. 당연히 자청비를 여자로 의심하던 마음도 사라졌네.

자청비와 문도령이 거무 선생께 글공부를 온 지도 어느덧 삼 년이란 세월이 흘렀네.

하루는 문도령에게 하늘나라 아버지의 편지가 왔다네.

'삼 년이나 글공부를 했으니 이제 그만 돌아와서 서수왕 딸아기에게 장가를 가라.'

문도령은 자청비에게 사정을 얘기했네.

"아버지께서 그만 하늘나라로 돌아와 서수왕 아기에게 장가를 가라 하네. 나는 이제 그만 돌아가야겠네."

"그럼 나도 그만 돌아가지. 함께 글공부를 왔는데 자네 먼저 가면 되겠나?"

자청비와 문도령은 삼 년 동안 함께 글공부를 하던 거무 선생을 떠나 집으로 향했다네.

두 사람이 처음 만났던 주천강가에 도착하자 자청비가 말했네.

"문도령아, 문도령아. 우리 이제 곧 헤어질 테니 여기서 목욕이나 하고 헤어지세."

문도령도 좋다고 했네.

"그럼 자네는 아랫탕에서 목욕을 하게. 나는 모든 시험에서 자네를 이겼으니 윗탕에서 목욕을 하겠네."

"그것도 그러하네. 그렇게 하세."

문도령은 자청비 말대로 바로 아랫탕에서 첨벙거리며 목욕을 하기 시작했네.

윗탕으로 올라간 자청비는 그 모습을 보며 한숨을 내쉬었네. 이제 다시는 문도령을 못 만날지 모른다 생각하고, 마지막으로 자신의 속마음이나 알리고 헤어지려 마음먹었다네. 버드나무 잎을 따서 글을 적어 아랫탕으로 흘려보내고는 집으로 향했네.

아랫탕에서 목욕을 하던 문도령이 떠내려 오던 버드나무 잎을 보고 주워 보니 자청비의 글이 쓰여 있네.

'문도령아 문도령아, 야속한 문도령아. 삼 년을 한방에서 자면서도 어찌 남녀 구별도 못 한단 말이냐?'

문도령이 깜짝 놀라 황급히 옷을 찾아 입네. 바지 한 가랑이에 두 다리를 꿰어 넣고, 저고리는 어깨에 걸치고, 정신없이 자청비를 찾기 시작했네. 저 고개 너머로 까마득히 보이는 자청비를 발견했네. 정신없이 쫓아가 자청비를 붙잡고는 지금껏 자기가 못 알아본 걸 사과했네.

두 사람은 함께 자청비 집으로 갔네.

"제가 부모님께 인사하고 나올 터이니, 잠시만 기다려 주십시오."

자청비는 부모님께 인사를 하러 들어갔네.

"아버님아, 어머님아, 삼 년 글공부 마치고 돌아왔습니다."

"그래 몸 성히 지냈느냐?"

"드릴 말씀이 있습니다. 저하고 삼 년 글공부를 하던 선비가 저와 같이 왔사옵니다. 해가 저물어 갈 수 없으니 같이 있다가 내일 보내면 어떠하겠습니까?"

"십오 세 위면 내 방으로 보내고, 십오 세 아래면 네 방으로 들여라."

"십오 세 아래입니다."

자청비는 남자 옷을 벗고 열두 폭 홑단치마로 갈아입고는 문도령을 맞아들였네.

다음 날, 문도령은 떠나면서 박씨 한 알과 얼레빗 반쪽을 자청비에게 주었네.

"이 박씨를 심어 줄이 뻗어 박을 따게 될 때까지는 돌아오겠소."

자청비는 방 창문 앞에 박씨를 심었다네.

박씨는 뿌리를 내리고 줄을 뻗어 꽃 피고 열매를 맺었건만 문도령은 돌아오지 않았네. 계절이 바뀌고 해가 바뀌어도 문도령은 돌아오지 않았네. 하루하루 지날수록 자청비 얼굴에는 수심만 가득하네.

산마다 울긋불긋 개나리 진달래가 곱게 핀 어느 날, 정수남이 양지바른 곳에 퍼질러져 낮잠을 자고 있었네.

자청비가 밖에 나와 이를 보고는 말했네.

"너는 어찌하여 밤낮으로 낮잠만 자고 있느냐? 다른 집 종들처럼 땔감이라도 해 와야 하지 않겠느냐?"

정수남이 답했네.

"아홉 마리의 말과 아홉 마리의 소에 길마*를 차려 주면 저도 나무를 하러 가옵지요."

"그래, 네 뜻대로 해 줄 터이니 내일 당장 갔다 오너라."

다음 날 날이 밝자 정수남은 아홉 마리 말과 아홉 마리 소에 길마를 하고 집을 나섰네. 어렁떠렁 말과 소를 몰고 굴미굴산으로 올라갔네. 조금 올라가니 벌써 다리도 아프고 허리도 아파오네.

---

*짐을 싣거나 수레를 끌 때 필요한 기구로 소나 말의 등에 얹어서 쓴다.

"에이, 한숨 쉬고 일을 시작하면 되지."

정수남은 나뭇가지에 소와 말 아홉 마리를 매어놓고는 낮잠을 잤네.

한참 자다가 깨어 보니 말 아홉 마리와 소 아홉 마리가 모두 죽어 있네.

"이 일을 어쩌나. 죽어 버린 말 아홉 마리와 소 아홉 마리를 지고 갈 수도 없고. 에라, 배도 고픈데 일단 먹고 보자."

정수남은 죽은 소와 말을 쌓아놓고는 청미래덩굴로 불을 피워 주걱 같은 손톱으로 쇠가죽을 벗겨가며 고기를 구웠네. 익었는가 한 점, 설었는가 한 점, 이렇게 먹다 보니 어느새 소 아홉 마리와 말 아홉 마리가 간 곳이 없었네. 남은 건 쇠가죽 아홉 장에 말가죽 아홉 장뿐이었네.

정수남은 쇠가죽 아홉 장과 말가죽 아홉 장을 짊어지고 집으로 향했다네. 오는 길에 연못에 오리가 놀고 있는 것이 보였네.

"우리 아기씨께서 고운 걸 좋아하시니 저 놈을 잡아다 달래야겠다. 그럼 욕은 안 먹을지도 몰라."

정수남은 오리에게 도끼를 던졌네. 근데 오리는 푸드득 날아가 버리고 도끼는 물속에 풍덩 빠지고 말았네. 정수남은 지고 있던 가죽들을 길가에 내려놓고, 옷을 벗고, 도끼를 찾으러 연못에 들어갔네. 하지만 아무리 찾아도 도끼는 찾을 수가 없었네. 그만 포기하고 물 밖으로 나올 수밖에.

근데, 나와 보니 쇠가죽 아홉 장과 말가죽 아홉 장은 물론 입고 왔던 옷도 보이질 않네. 도둑놈이 다 집어갔다네. 정수남은 이제 알몸만 남았네.

주위를 두리번거리던 정수남의 눈이 한 곳에 멈췄네. 바람에 번들거리는 누리장나무 이파리를 댕댕이덩굴로 대충 엮어 급한 대로 몸을 가렸네. 그리고 사람이 없는 길을 찾아 살금살금 집으로 들어갔네. 대문으로는 차마 못 들어가고 뒷문으로 몰래 들어가 장독 뚜껑을 쓰고 장독대에 숨었네.

마침 장독대에 간장을 푸러 나왔던 정수덕이 장독 뚜껑 하나가 불쑥거리는 걸 보고는 깜짝 놀라 자청비에게 뛰어갔네.

"아기씨 아기씨, 장독대에 변이 났습니다."

자청비가 장독대를 보니 과연 장독 뚜껑 하나가 불룩거리고 있네.

"귀신이냐 사람이냐? 귀신이거든 썩 꺼지고 사람이거든 내 눈앞에 나서거라."

그러자 "어찌 귀신이겠습니까? 정수남이옵니다." 하며 벌거벗은 정수남이 장독 뚜껑을 들고 일어서네.

"네, 이놈! 도대체 이게 무슨 꼴이냐?"

자청비의 꾸짖음에 정수남이 대답하네.

"아기씨 아기씨, 그리 화만 내지 마옵소서. 제가 굴미굴산에 올라가 보니 하늘 옥황 문도령님이 선녀 삼백 명과 제자 삼천 명을 데리고 꽃구경을 하며 재미있게 놀고 있지 않겠습니까? 한참을 구경하다 정신을 차려 보니 소와 말이 다 사라져 버렸습니다. 또 내려오다가 연못에 오리가 있어 오리를 잡아 아기씨를 드리려다가 도끼에다 옷까지 몽땅 잃어버리고 말았습니다."

자청비는 문도령이란 말에 정신이 번쩍 났네.

"문도령? 문도령이 왔더냐? 문도령이 언제 또 온다더냐?"

"예, 모래 또 오겠다고 합니다."

"그 말이 사실이냐?"

"안 믿기시거든 가 보시면 되지 않겠습니까?"

"오냐, 모래 나랑 같이 가 보도록 하자."

자청비는 문도령 만날 생각에 마음이 마냥 들떴네.

정수남의 옷을 새로 해 입히고 문도령 만날 차비를 서둘렀네.

"정수남아 정수남아, 점심은 어떻게 하면 좋겠느냐?"

"아기씨 점심일랑 메밀가루 닷 되에 소금 다섯 줌을 넣고, 제가 먹을 점심일랑 메밀가루 닷 말에 소금일랑 넣는 듯 마는 듯 하옵소서."

자청비는 정수남 말대로 점심을 준비하네. 그리고 정수남이 준비한 말을 타고 문도령을 만나러 굴미굴산에 올라가려 했네.

"히잉 히잉 히이잉."

근데 자청비가 말에 오르려 할 때마다 말이 푸드득하며 자꾸 뛰네. 도저히 탈 수가 없었네. 정수남이 말의 안장 밑에 소라 껍데기 하나를 넣어놓은 걸 자청비가 알 턱이 없었네.

자청비가 깜짝 놀라 묻네.

"이게 어찌된 일이냐?"

"어서 바삐 밥 아홉 동이, 국 아홉 동이, 술 아홉 동이에 돼지머리를 차려 놓고 말머리고사를 지내야 할 듯 합니다."

"그럼, 어서 지내도록 하자."

자청비는 급히 음식을 마련해 노둣돌* 위에 벌여놓고 말머리고사를 지냈네. 그 사이 정수남은 자청비 몰래 제물을 조금씩 떠서 말의 왼쪽 귀에 스르르 부었네. 말은 머리를 설레설레 흔들었네.

"아기씨, 아기씨. 말이 많이 먹었다고 머리를 흔듭니다. 이제 이 음식은 마부만 먹어야 합니다."

자청비가 대답했네.

"그래, 어서 다 먹도록 해라."

정수남은 혼자 앉아 밥 아홉 동이, 국 아홉 동이, 술 아홉 동이에 돼지머리까지 몽땅 쓸어먹었다네.

"아기씨, 아기씨. 제가 버릇없는 말을 길들이며 가겠습니다. 아기씨는 점심을 지고 따라오십시오."

정수남은 말 안장 밑에 둔 소라 껍데기를 빼 던지고는 신나게 달

---

*말에 타거나 내릴 때 딛고 오르내리기 위하여 대문 앞에 놓는 큰 돌.

려 쏜살같이 달아났네.

자청비는 할 수 없이 점심을 지고 걸어가기 시작했네. 겨우겨우 산에 올라가 보니 정수남이 말을 매어놓고 나무그늘에서 코를 골며 자고 있었네.

그 모습을 본 자청비, 너무도 기가 막혔지만 말해 봐야 무슨 소용 있나 싶었네. 시장하니 점심이나 먹고 가자했네. 그리고 자기 몫의 메밀 범벅을 한 입 물었다네.

"읍! 퉤 퉤 퉤."

자청비는 입에 물었던 메밀범벅을 도로 뱉어내고 말았네. 너무 짜서 도저히 먹을 수가 없었네. 정수남 말만 듣고 메밀가루 닷 되에 소금을 다섯 줌이나 넣었으니 당연한 일이다네.

"정수남아 정수남아, 네 점심 좀 가져오너라. 좀 먹어 보자."

"아이고, 아기씨. 상전이 먹다 남은 음식은 종이 먹고, 종이 먹다 남은 음식은 개나 먹는 법입니다."

그러니 이를 어째. 자청비는 자기 몫의 메밀범벅도 정수남에게 넘길 수밖에 없었네. 정수남은 그것을 받아다 반찬 삼아 메밀범벅을 다 먹어치웠네.

"그나저나 문도령이 놀던 곳은 도대체 어디에 있느냐?"

하루 종일 고생만 하고 문도령은 만나지도 못한 자청비가 화를 벌컥 내며 물었네.

정수남은 오리가 놀던 연못으로 자청비를 데리고 가서 말했네.

"아기씨 아기씨, 여기가 바로 그곳이라오. 저기 물속에 비친 아롱아롱한 구름 그림자 사이로 문도령과 선녀들이 노는 모습이 보이지 않습니까?"

그제야 자청비는 정수남에게 속은 것을 알았다네.

어느 새 해가 지고 날은 어둑어둑해지고 있었네. 자청비는 눈앞이 깜깜해졌다네. 인적도 없는 산속에서 정수남과 꼼짝없이 밤을 새워야 하게 생겼네.

"정수남아 정수남아, 아무래도 여기서 밤을 새워야 할 것 같구나. 움집이나 하나 지어라."

정수남은 신이 나서 움집을 짓기 시작했네. 돌을 모아다 둥글게 담을 쌓고, 위에 나뭇가지를 모아다 지붕을 덮어 뚝딱하고 움집을 만들었네.

자청비가 그 모습을 보고 말했네.

"정수남아 정수남아, 돌담 구멍으로 찬바람이 들겠구나. 내 안에서 불을 피우고 있을 테니 너는 밖에서 풀을 베어다 돌담 구멍을 막아라."

정수남은 돌담을 돌아가며 풀을 뭉쳐서 연기가 새는 구멍을 하나씩 막았네. 자청비는 정수남이 막은 구멍을 안에서 몰래 빼냈네. 그러다보니 밤새도록 구멍을 막아도 끝이 없었고, 결국 날이 밝아오기 시작했네.

그제야 정수남은 속은 걸 알고 펄쩍펄쩍 뛰기 시작했네. 자청비가 정수남을 달랬다네.

"정수남아 정수남아, 이리 와서 내 무릎을 베고 누워라. 머리에 이나 잡아 주마."

정수남은 좋아라 하며 자청비의 무릎에 누웠네. 자청비가 정수남의 맷방석 같은 머리를 헤치고 이를 잡아 주니, 밤새 잠을 못 잔 정수남은 소르르 잠이 들고 말았네.

자청비는 아무래도 언젠가 정수남에게 해코지를 당할 것만 같았네. 그래 근처에 있던 청미래덩굴을 꺾어서는 정수남의 왼쪽 귀에 찔러 넣었네. 청미래덩굴이 정수남의 왼쪽 귀에서 오른쪽 귀를 꿰뚫자 정수남은 붉은 피를 흘리며 죽었네. 정수남의 혼령은 부엉이가 되어 하늘로 날아오르며 울었네.

자청비는 서둘러 말을 타고 집으로 돌아와 부모님께 물었네.

"종이 아깝습니까? 자식이 아깝습니까?"

아버지가 대답했네.

"그걸 말이라고 하느냐? 아무리 종이 아까운들 자식보다 아깝겠느냐?"

자청비는 산에 함께 간 정수남의 행동이 부정해서 죽였다고 사실을 말씀드렸다네. 그러자 자세한 사연을 들을 틈도 없이 아버지는 화를 버럭 냈네.

"종을 죽이다니! 너는 시집을 가면 그만이지만, 종은 살려두면 우리 두 늙은이 평생 걱정 없이 먹여 살려 줄 터인데……."

"그럼 제가 그 종이 하는 일을 다 하겠습니다."

하지만 아버지는 화를 풀지 않고 소리쳤네.

"정수남을 살려 내고 너 가고 싶은 곳으로 가든지 말든지 하거라."

자청비는 정들었던 집을 떠나기로 했네.

입고 있던 옷을 벗어 던지고, 남자 옷으로 갈아입고, 말에 올라타고 길을 떠났네.

한참을 정처 없이 떠돌다 아랫녘 마을에 들어설 때였다네. 어린아이 셋이 부엉이 하나를 잡아 서로 가지려고 다투고 있었네. 자청비는 돈 서 푼을 아이들에게 주고 부엉이를 사서는 사라장자 집으로 말을 달렸다네.

자청비는 화살로 부엉이의 왼쪽 귀에서 오른쪽 귀를 꿰뚫어 사라장자네 담 너머로 던져놓고는 사라장자 집 대문 앞으로 가서 주인을 불렀네.

"지나가는 사람이옵니다. 제가 부엉이를 보고 화살 한 대를 쏘았더니, 그만 이 집으로 떨어지고 말았습니다. 그래, 화살이나 찾을까 하고 왔습니다."

사라장자 집 사람들이 찾아보니 정말 화살을 맞고 떨어진 부엉이가 있었네. 그 소식을 들은 사라장자는 크게 놀라며 자청비를 반갑게 맞아 들였네.

"요즘 밤만 되면 요망스런 새가 울어대는 바람에 후원의 꽃들이 다 시들어 갑니다. 청컨대 그 새를 잡아 주십시오."

"걱정 마십시오. 제 힘껏 잡아 보겠습니다."

자청비는 사라장자 집으로 들어가면서 타고 온 말의 말총을 하나 뽑아 말의 혀를 묶어 놓았다네. 말은 하인들이 주는 밀죽을 먹지 못하고 머리를 달달 떨며 앞발로 땅만 닥닥 찍어 대네.

그 모습을 보던 자청비, 천천히 걸어 나와 말의 뺨을 탁 치고는 "집에서는 은동이에 쌀죽을 먹었어도, 나들이를 나오면 아무 것이나 먹어야 할 게 아니냐?" 하고 말하며, 묶었던 혀를 슬쩍 풀었네.

그러자 말은 밀죽을 왈탕발탕 먹어대기 시작했네. 그 모습을 본 사라장자 집 사람들은 자청비가 정말 대단한 집안의 도령님이라 생각하고 더욱 극진히 대접을 했네.

그날 밤, 부엉이가 부엉부엉 울자 자청비는 밖으로 나가 정수남의 혼령을 불렀다네.

"정수남아, 정수남아. 나 때문에 한이 맺힌 정수남아. 이리 내려 앉아 내 품에 안기어라."

그러자 부엉이 한 마리가 날아와 자청비의 가슴에 와 앉네. 자청비는 잽싸게 부엉이의 두 다리를 낚아채서는 화살로 찔러 꽃밭에 던졌네. 그러곤 느긋하게 방으로 들어와 잠을 잤네.

날이 밝자 사라장자가 와서 성화를 하며 말했네.

"간밤에 부엉이 소리가 났는데, 어찌 말만 하고 쏘지 않았소?"

"제가 부엉이 소리를 듣기는 했으나 몸이 너무 고단해서 일어날 수가 없어, 누운 채로 화살을 쏘았습니다. 혹시 부엉이가 잡혔는지 확인이나 해 보지요."

자청비가 사라장자 집 사람들과 함께 후원에 가 보니 화살을 맞은 부엉이가 있네.

"덕분에 부엉이를 잡았습니다. 이제 꽃들이 시드는 일은 없겠습니다."

사라장자는 크게 기뻐하며 자청비에게 자기 막내딸과 결혼해 달라고 했네.

자청비는 사라장자의 막내딸과 결혼을 했네.

자청비가 결혼을 한 지 석 달 하고도 열흘이 지난 날이었네.

사라장자의 막내딸이 부모님을 찾아 하소연했네.

"아버지, 어머니. 어찌하여 저리 위세 높은 사위를 구하셨습니까? 결혼 한 지 석 달 열흘이 지나도록 부부간의 정이라곤 모르니, 어찌 이럴 수가 있습니까?"

사라장자가 사위 자청비를 불러 사정을 물었네.

"내일모레면 과거 시험을 보러 떠나야 합니다. 과거 준비에 힘을 기울이다 보니 그만 그렇게 됐습니다. 아무 염려 마십시오."

자청비는 떠나기 전 날, 사라장자 막내딸과 서천꽃밭 꽃구경을 갔네.

"이 꽃은 살이 살아 오르는 살오름꽃입니다."

"이 꽃은 피가 살아 오르는 피오름꽃입니다."

"이 꽃은 숨이 살아 오르는 숨살음꽃입니다."

사라장자 막내딸이 하나 하나 설명하며 안내를 했고, 자청비는 따라가면서 몰래 꽃을 하나씩 따서 주머니에 담았네.

다음 날 자청비는 다른 사람 몰래 긴 칼 한 자루를 마루 밑에 숨겨두고는 부인과 작별하고 길을 떠났다네. 정수남이 죽은 굴미굴산으로 갔다네.

하지만 그곳은 이미 잡초만 무성할 뿐 정수남의 흔적은 보이지도 않았네.

자청비는 근처의 잡초를 다 베어내고 정수남의 뼈를 찾아서 모았네. 살오름꽃, 피오름꽃, 숨살음꽃을 차례로 문지르고 때죽나무 막대기로 세 번 두드렸네. 그러자 정수남이 맷방석 같은 머리를 벅벅 긁으며 벌떡 일어나며 말했네.

"아이고, 봄잠을 너무 오래 잤습니다. 어서 말에 오르십시오. 집으로 가셔야지요."

정수남은 고분고분 부지런한 게 예전과는 달라졌네.

자청비는 정수남을 데리고 집으로 돌아왔다네.

"자식보다 아깝다던 종을 살려서 데리고 왔습니다."

아버지 김진국 대감은 버럭 화를 냈네.

"네가 사람을 죽였다 살렸다 하느냐? 집안을 망칠 요망한 년이

렸다. 당장 이 집에서 나가거라. 어서!"

자청비는 그대로 집에서 내쫓기고 말았네.

자청비는 너무도 기가 막혀 눈물이 줄줄 흘렀네.

이제 집에서 나가면 다시는 돌아오지 못할 것 같았네.

자청비는 늘 앉아 있던 베틀도 손으로 쓸어 보고, 정들었던 집 안 이곳저곳을 눈에 담아 두었네. 그리고 집을 나와 발 가는대로 무작정 길을 떠났네.

어느새 해가 지고 날은 어둑어둑해졌는데 자청비는 갈 곳이 없 었다네. 막막하고 처량한 자청비, 자신의 처지가 서러워 길가에서 울었네.

그때였네.

"달가락 찰칵, 째그락 딸깍!"

어디선가 베틀 소리가 들려왔네. 자청비는 무작정 그곳으로 찾 아갔네.

혼자 사는 할머니, 비단을 짜고 있었네.

"길 가는 아이온데 하룻밤 묵어 갈 수 있겠습니까?"

"어찌 이리 예쁜 아기씨가 밤길을 가시나? 어서 들어와 앉아요. 내 따뜻한 밥 한 그릇 대접하리다."

할머니는 저녁밥을 준비하러 부엌으로 나갔네.

혼자 남은 자청비, 집에 있던 베틀 생각이 났다네. 한참이나 베틀을 쓸어보다 결국 베틀에 앉아 비단을 짜기 시작했다네.

할머니는 자청비가 짠 비단을 보고 깜짝 놀랐네. 자청비 솜씨가 할머니 솜씨보다 훨씬 뛰어났다네.

"예쁜 아기씨가 솜씨도 어쩜 이리 좋은가! 갈 곳이 없으면 내 수양딸로 함께 살면 어떠하겠소?"

갈 곳 없던 자청비는 좋다고 했네. 이날부터 자청비는 할머니 수양딸로 비단을 짜며 지냈네.

"이 비단은 어디에 쓸 비단인가요?"

하루는 자청비가 물었네.

"이 비단은 하늘 옥황 문도령이 서수왕 따님에게 장가들 때 쓸 비단이란다."

자청비는 너무나 놀랐네. 또 너무도 기뻤네.

비단을 다 짜고는 끄트머리에 '가련하다 자청비, 불쌍하다 자청비'라는 글자를 새겨 넣었네.

주모 할머니는 자청비가 짠 비단을 가지고 하늘 옥황 문도령에게 갔네. 문도령은 비단을 살펴 보다 끄트머리에 새겨진 글자 무늬를 보고 깜짝 놀라고 말했네.

"이 비단을 누가 짰습니까?"

"제 수양딸 자청비가 짰습니다."

문도령은 자청비가 너무도 그리워졌다네.

"할머니, 오늘 밤 제가 자청비를 찾아가겠다고 전해 주십시오."

하늘 옥황에서 내려온 주모 할머니는 자청비에게 그 소식을 전했네. 문도령이 찾아온다는 소식에 자청비는 너무나 설레었네.

그날 밤, 자청비는 바느질을 하며 문도령을 기다렸네. 그런데 아무리 시간이 지나도 오겠다던 문도령이 오질 않네. 바람 소리에도 귀를 쫑긋하며 밤새 문도령을 기다리던 자청비는 점점 지쳐갔네.

그때 손가락 하나가 창호지에 구멍을 내고 있는 게 보였네. 자청비는 문도령 손가락이라는 것을 금방 알아챘네. 자청비는 짐짓 장난을 치고 싶었네. 그래 들고 있던 바늘로 손가락을 콕 찔렀네.

"나에게 피를 보고 돌아가게 하는구나. 얼굴은 곱지만 마음씨는 고약하구나."

문도령은 버럭 화를 내고는 그냥 돌아가 버렸다네.

자청비가 얼른 문을 열어 봤지만 문도령은 보이지 않았네.

다음 날, 자청비는 할머니에게 자초지종을 모두 털어놓았네.

"이리 말썽을 피우니 부모 눈에도 거슬릴 수밖에 없는 게 아니냐. 보기 싫으니 당장 나가거라!"

할머니는 자청비를 야단치고 쫓아내 버렸네.

자청비는 자신의 신세를 한탄하며 또다시 정처 없이 길을 떠났다네.

한참을 가다 보니 연못에 선녀 세 명이 슬피 울고 있는 게 보였네. 자청비가 무슨 까닭으로 그리 울고 있는지 물었네.

"저희는 하늘 옥황 선녀입니다. 문도령님이 자청비와 함께 목욕했던 물을 떠오라 명하셨는데, 그 물이 어디에 있는지 몰라서 이렇게 울고 있습니다."

자청비는 자신의 신분을 밝히고 말했네.

"내가 그 물이 있는 곳을 알려줄 테니 나를 하늘로 데려가 주겠습니까?"

"네. 그리하지요."

자청비는 주천강에 가서 문도령과 함께 목욕했던 곳의 물을 떠 주고는, 선녀들과 함께 하늘 옥황 문도령의 집 앞까지 오게 됐다네.

자청비는 문도령 집 앞에 있는 팽나무 위로 올라가 몸을 숨겼네. 조금 있으니 문도령이 밖에 나와 달을 보며 말했네.

"달도 달도 곱다마는 인간 세상의 자청비만큼 곱겠는가?"

자청비가 답했네.

"달도 달도 곱다마는 내 사랑 문도령만큼 곱겠는가?"

문도령은 깜짝 놀라 주위를 둘러보다 팽나무 위에 있는 자청비를 보았네. 두 사람은 품에 지니고 있던 얼레빗 조각을 서로 맞춰보고는 얼싸안고 좋아했다네.

문도령은 제 방으로 몰래 자청비를 데리고 들어가 병풍 뒤에 숨겨두고 함께 지냈네. 자청비와 문도령은 한 세숫물에 함께 세수하고, 한 밥상을 같이 먹었네. 그러다 보니 지금까지 곱던 세숫물은

곶은 물이 되어 나오고, 위만 걷는 듯 마는 듯하던 밥그릇은 깨끗이 비워져 나왔네. 결국 문도령 수발을 드는 하인의 의심을 사고 말았네.

자청비가 눈치를 채고 문도령에게 말했네.

"더 이상 이렇게 지내기는 어렵습니다. 부모님을 설득해 주십시오."

자청비는 문도령에게 부모님을 설득할 수 있는 방법을 자세히 알려 줬네. 문도령은 자청비 말대로 부모님께 가서 말씀드렸다네.

"어머님아, 아버님아. 수수께끼 하나 해 보는 게 어떻겠습니까?"

"그래라."

"새 옷이 따스합니까? 묵은 옷이 따스합니까?"

"새 옷은 남이 보기엔 좋지만 따스하기는 묵은 옷이 따스하지."

"새로 담근 장이 답니까? 묵은 장이 답니까?"

"그거야 묵은 장이 더 달지."

"그럼 새 사람이 좋습니까? 묵은 사람이 좋습니까?"

"새 사람은 재빨리 움직이긴 하지만 길든 사람만은 못하다."

"그럼 전 서수왕 따님과 결혼하지 않겠습니다."

그제야 부모님은 문도령이 낸 수수께끼의 의미를 알아챘네. 부모님은 노발대발 화를 내며 호령했네.

"이놈, 이게 무슨 말이냐? 내 며느리가 될 사람은 쉰 자 구덩이에 불 피운 숯 쉰 섬을 넣고 그 위에 걸쳐 놓은 날 선 작두를 타고

건널 수 있어야 한다! 어서 와서 시험에 통과해라!"

자청비는 불 피운 구덩이 위에 걸쳐진 날 선 작두 앞에 서서 빌었다네.

"저를 살리시려거든 한 줄기 비를 내려 주시옵소서."

그러자 맑던 하늘에 갑자기 먹구름이 몰려와 한줄기 비가 쏟아졌다네. 시뻘겋게 달아올랐던 작두는 열이 식었다네.

자청비가 죽기를 각오하고 작두 위에 올라섰네. 버선은 벗어두고 박씨 같은 고운 발로 날 선 작두를 타기 시작했네. 한 발, 또 한 발. 아슬아슬하게 작두 위를 걸어갔네. 작두 끝까지 걸어와 한쪽 발을 땅으로 내딛었네. 그런데 아뿔싸! 아직 작두에 걸쳐 있던 다른 쪽 발뒤꿈치가 슬쩍 작두에 베이고 말았네. 자청비는 땅으로 내려서며 흐르는 피를 속치마 자락으로 얼른 닦아냈네.

"정말 기특하다. 내 며느릿감이 분명하다!"

문도령의 부모가 달려들어 자청비를 얼싸안으며 기뻐했다네.

문도령 부모는 자청비를 며느리 삼고 서수왕 아기에게는 혼인을 무르는 편지를 보냈다네.

자청비와 문도령은 금슬 좋게 잘 살았네. 자청비가 착하다는 소리가 동서로 울려퍼졌다네.

그러던 어느 날이었네. 인간 세상에 큰 난리가 나서 대국 천자가 옥황상제께 도움을 청했네.

착한 자청비를 아내로 맞은 문도령을 시기하던 이들은 문도령을 도원수로 삼아 전쟁에 나서게 하려 했네. 문도령은 걱정에 빠졌네.

그 모습을 본 자청비가 말했네.

"제가 대신 출전해 난을 막겠습니다. 대신 제가 예전에 사라장자 막내딸과 혼인을 했던 적이 있으니 그곳에 가서 나 대신 살다가 오십시오. 마루 밑에 두고 온 칼 이야기를 하면 아무 의심도 하지 않을 겁니다. 대신 보름을 넘기지 말고 돌아와야 합니다."

자청비는 문도령을 사라장자 막내딸에게 보내고는 문도령 대신 도원수로 나가 난을 평정하고 돌아왔네.

하지만 문도령은 보름 지나 한 달이 지나도 돌아올 줄을 몰랐네.

기다리다 지친 자청비는 문도령에게 편지를 썼네. 까마귀 날개 밑에 꼭꼭 끼워 사라장자 막내딸과 함께 있는 문도령에게 보냈네.

아침에 마당에 나왔다가 떨어져 있는 자청비의 편지를 본 문도령은 그제야 정신이 번쩍 들었다네. 허둥지둥 급하게 의관을 갖추고 돌아간다고 하는데, 그 모습이 가관이었다네.

관은 쓴다고 쓴 것이 행전을 둘러쓰고,

두루마기는 한 어깨에만 걸치고,

말안장은 거꾸로 지운 채 말을 채찍질 하며 집으로 왔다네

그 모습을 본 자청비가 말했네.

"그새 나 보기가 싫어져서 저렇게 등을 지고 오는구나. 내 이런 사람을 어찌 믿고 살아가리."

자청비는 문도령을 떠나기로 마음을 먹었네.

자청비는 하늘 옥황께 나아가 절을 했네. 옥황상제는 자청비가 대국의 난을 평정한 것을 칭찬하며 땅의 반과 물의 반을 갈라 주겠다 했네.

자청비가 말했네.

"땅의 반과 물의 반은 필요없습니다. 저는 이제부터 하늘 옥황을 떠나 인간 세상에 내려가 살려 합니다. 인간 세상을 이롭게 할 오곡의 씨앗이나 나누어 주옵소서."

옥황상제는 자청비에게 오곡의 씨를 주면서 말했네.

"인간 세상에 내려가 세경*을 맡아 하며 살라."

자청비는 다시 인간 세상으로 내려왔네.

농사의 신이 되어 다시 인간 세상으로 내려온 자청비, 배가 고파 휘청휘청 걸어가는 정수남을 만났다네.

"아이고 아기씨, 이게 웬일입니까? 아기씨 부모님께선 저 세상 가시고 저는 갈 곳이 없어 이 모양이 되었습니다. 배가 고파 못 견디겠으니 요기나 시켜 주십시오."

"저기 머슴 아홉에 소 아홉을 거느리고 밭을 가는 게 보이느냐? 저곳에 가서 얻어먹고 오너라."

*농사 짓는 일.

조금 뒤 정수남이 투덜거리며 돌아왔네.

"밥은 커녕 욕만 먹고 왔습니다."

자청비는 고약하다며 그 밭에는 대흉년이 들게 했다네.

그리고는 정수남에게 말했네.

"저기 쟁기도 없이 호미로 농사를 짓는 두 늙은이가 보이느냐? 저곳에 가서 얻어먹고 오너라."

조금 뒤 정수남이 웃는 낯으로 돌아왔네.

"두 노인이 채롱에 싸 온 밥을 내주시는 바람에 잘 먹고 왔습니다."

자청비는 참으로 마음이 곱다며 그 밭에는 대풍년이 들게 했다네.

자청비는 정수남을 데리고 세상 농사를 돌보러 다녔네. 자청비는 자신을 알아보는 사람들에게 씨를 골라 줬고, 정수남은 밭을 갈아 줬네.

하늘나라 문도령은 뒤늦게야 자신의 잘못을 깨달았다네. 그래 사람들이 비를 내려 달라고 기우제를 지내면 비를 내려주는 기후 신이 되었네.

자청비는 농경신, 정수남은 목축신, 문도령은 뒤늦게 기후신이 되었다네.

그런데 자청비가 하늘에서 오곡의 씨앗을 받아올 때 메밀씨를 깜박 잊고 오는 바람에 나중에야 다시 올라가 받아 왔다네. 메밀을 다른 곡식보다 제일 늦게 심어도 가을에 똑같이 추수할 수 있는 건 이 때문이라네.

하고 싶은 일이 있을 땐
"한번 해 볼래요!"하고
외치는 거야.

# #
용기 내어 스스로 움직여야 해!

"하! 정말 기가 막히다!"

처음 자청비를 알게 됐을 때 난 한참을 이렇게 감탄만 했어.

자청비는 지금껏 내가 알고 있던 여자아이의 모습이랑 너무나 달랐어. 게다가 여신이라니!

자청비. 이름도 너무 멋졌어.

부모님은 '자청하여 낳은 자식'이라 하여 자청비라 이름 지었을 뿐이지만, 자청비는 자신의 이름에 꼭 맞게 살아나갔어.

누군가 시켜서 하는 게 아니라 무슨 일이든 스스로 자청해서 나서길 두려워하지 않았어.

지금껏 내가 보고 들은 이야기 주인공 가운데 가장 씩씩한 여자였어.

나는 이런 자청비가 정말 대단해 보였어.

겁 많고 소심한 나는 절대 가지 못할 길을 뚜벅뚜벅 걸어갔으니까.

자청비를 만나고 난 뒤, 나는 내 삶을 자꾸 돌아보게 됐어.

나와 자청비의 삶을 자꾸 견줘 보게 됐어.

나는 수업 시간에 손도 한 번 제대로 들지 못하던 아이였어.

손을 들고 싶은 마음은 굴뚝같았지만 가슴이 콩당콩당 뛰면서 자신감은 사라지고 무섭고 두려운 마음이 커졌어. 결국 손을 제대로 들어 본 적이 거의 없었지.

물론 발표를 전혀 못 한 건 아니었어. 다행히 선생님이든 친구든, 누군가 나를 먼저 알아봐 주고 기회를 줬을 땐 나름 잘해 내곤 했어.

하지만 내가 움직이질 않는데 그런 기회가 오기란 쉽지 않았어.

만날 속으로는 안타까워했지만 그뿐이었어. 스스로 말도 행동도 하지 않았으니 내 맘을 알아줄 사람도 별로 없었지.

나는 내가 스스로 움직여야 한다는 걸 알았지만 그러질 못했어.

하기 싫은 것을 거절 못 해서 상처를 받았고,

하고 싶은 것도 용기가 없어서 하지 못해 상처를 받았지.

그러다 보니 나는 점점 더 쪼그라들어 갔어.

근데 사람들은 내가 쪼그라들어 간다는 것도 몰랐지.

용기 없는 나는 내가 쪼그라드는 걸 표현조차 못 했으니까.

그저 겉으로는 명랑한 척, 아무렇지도 않은 척하고 다녔어.

나는 커 가면서 조금씩 용기를 내 움직이기 시작했어.

하고 싶은 일이 있을 땐 과감히 도전하기도 했어.

물론 도전하기까지는 엄청난 고민이 필요했어.

이걸 해도 될까? 내가 할 수 있을까? 내가 이걸 하면 사람들이 놀라서 쳐다보지나 않을까?

고민거리가 너무나 많아서 가슴이 터질 것만 같았어.

하지만 막상 움직여 도전을 하고 나면 기분이 좋아졌어.

실패를 하든 성공을 하든 나름 만족감을 얻을 수 있었어.

또 내가 커 가고 있다는 느낌도 있었어.

나는 조금씩 알게 됐어.

행동하지도 않으면서 만날 머리만 굴리는 건 의미가 없다는 걸 말이야.

자청비를 만나고 나선 이런 생각이 더 굳어졌지.

자청비는 머리로만 생각하고 고민하는 대신 행동을 통해 자신의 운명을 개척한 인물이었으니까.

부모에게 쫓겨날 때도,

비단을 짜는 할머니한테 쫓겨날 때도,

낙담은 했지만 그 자리에 머물지 않았어.

이처럼 행동하는 자청비였기에 인간 세상에서 태어나 하늘나라에서 지내다가 다시 인간세상으로 내려와 농사의 신이 될 수 있었던 거지.

자신을 괴롭히던 정수남과 문도령도 함께 거느리면서 말이야.

나는 지금도 힘이 빠져 자꾸 뒤로 숨고 싶을 때면 자청비 이야
기를 꺼내 읽어.

　그럼 자청비가 스스로 삶의 주인으로 씩씩하게 살아갔던 것처
럼, 나도 용기내서 움직일 수 있게 해 주니까 말이야.

※
※
※

힘센 전강동과 그 누이

옛날 어느 마을에 전강동이란 아이와 그 누이가 살았네.

전강동은 집이 가난해서 글방에 다닐 수가 없었네.

그래 절에서 심부름을 해 주며 글공부를 했다네.

그 절의 중들은 다들 험상궂게 생기고 힘이 아주 장사였네.

백 근짜리 철봉도 마치 막대기 휘두르듯 휘둘렀다네.

중들은 자기들 힘만 믿고 근처 마을 사람들에게 온갖 행패를 부리고 괴롭혔네.

전강동은 중들이 어찌해서 힘이 센지 몹시 궁금했네.

그래 무슨 비법이 있는 건 아닐까 싶어 중들을 가만 살펴봤네.

중들은 오밤중만 되면 어딘가 갔다 왔네.

다음 날도, 또 그다음 날도.

하루는 전강동이 중들 뒤를 몰래 따라갔다네.

중들은 앞산 골짜기에 있는 큰 바위 앞으로 갔네.

그리고 바위를 번쩍 들어 올려 그 밑에 있는 샘물을 마시고는 절로 돌아갔네.

'바위 밑에 있는 물을 마시면 힘이 세지나 보다!'

전강동도 그 물을 마시려 했네.

"으라차차."

힘껏 바위를 들어 보려 했지만 바위는 꼼짝을 않네.

할 수 없이 절로 돌아온 전강동 눈에 긴 대나무 막대기 하나가 눈에 띄었네.

전강동은 얼른 대나무 막대기를 가지고 바위가 있는 곳으로 달려갔네.

대나무 막대기를 바위 밑에 밀어 넣고는 힘껏 빠니 샘물이 대나무를 타고 올라오네.

전강동은 실컷 물을 빨아먹었네.

다음 날도, 또 그다음 날도.

보름쯤 지나니 전강동은 힘이 세져서 그 큰 바위를 들 수 있었네.

그 뒤부터 전강동은 중들처럼 바위를 들어내고 물을 마음껏 많이 마셨네.

그리고 충분히 힘이 세진 전강동은 집으로 돌아왔다네.

단오 날이 되자 마을에는 씨름판이 벌어졌네.

힘이 세진 전강동은 씨름판을 휩쓸었네.

전강동을 이길 사람은 아무도 없었네.

전강동은 아주 기고만장해졌다네.

"자, 누구든지 나와 보라고. 나와 붙을 사람 없어?"

그러자 조그마한 아이 하나가 나오더니 씨름을 하자고 하네.

전강동은 아이를 보고 콧방귀를 꼈네.

'조그만 녀석이 참 별나기도 하네. 어디 혼 좀 나 봐라.'

전강동이 아이와 씨름을 했는데, 그만 지고 말았다네.

"다시 한판 붙어 보자. 다시 한판 붙어 봐."

전강동이 깜짝 놀라서 아이와 다시 한판 붙었지만, 이번에도 또 지고 말았네.

이상하다 이상해 하면서, 또 하고 또 하고 또 해 봤네.

몇 번을 해도 지고 또 지고 계속 지고 말았다네.

"아이고 분해. 그 조그만 아이한테 지다니!"

집으로 돌아온 전강동은 분해서 어쩔 줄 몰랐네.

한숨을 푹푹 쉬다, 복수의 칼을 갈기도 하며 온종일 씩씩대고 있었네.

그 모습을 본 전강동의 누이가 물었네.

"무슨 일로 그래?"

"씨름판에서 아주 조그마한 놈한테 지고 말았지 뭐야. 정말 분해서 못 살겠어."

"남자가 돼서 씨름에 좀 졌다고 못 살겠다니? 다시 힘을 길러서 이기면 되지. 남을 얕보면 안 돼. 너, 나하고 팔씨름 해 볼래?"

누이의 말에 전강동은 기막혀 하며 말했네.

"누이랑 팔씨름을? 에이, 누이가 내 적수가 되질 않잖아. 안 해."

"너는 상대를 너무 얕봐서 탈이야. 어찌 됐건 한번 해 보자."

누이의 말에 전강동은 어쩔 수 없이 팔씨름을 했네.

그런데 도저히 누이를 당할 수가 없었네.

그제야 전강동이 눈치를 채고 누이에게 물었다네.

"아까 씨름판에 나온 아이가 혹시 누이였어?"

"맞아. 네가 힘만 믿고 으스대다가 무슨 변을 당할까 걱정이 돼서 내가 남자 옷을 입고 나간 거야."

누이가 말했네.

사실 누이는 원래부터 힘이 무척 셌다네.

하지만 평소에 힘이 센 것을 자랑하질 않아서 전강동도 누이가 힘이 센 걸 몰랐다네.

누이는 동생이 힘자랑을 하고 다니다 변을 당할까 걱정이 되서 버릇을 고쳐 주려 했던 거라네.

전강동은 그 뒤로 힘이 센 것을 자랑하지 않았네.

그러던 어느 날이었네.

절에 있던 중들이 힘겨루기 내기를 하자며 한꺼번에 몰려와 전강동을 찾았네.

누이는 전강동이 이 중들하고 힘겨루기 내기를 하다가는 무슨 큰일이 날지 모르겠다 싶었네. 그래 전강동이 중들과 내기를 못 하게 막기로 했네.

"우리 전강동은 지금 외갓집에 갔는데, 한 사흘 있어야 돌아와요."

중들은 그 말을 듣고 돌아갔네.

하지만 전강동은 아주 못 마땅했네.

"내가 그놈들과 힘내기를 하면 분명히 이길 텐데 왜 그냥 보내?"

누이가 전강동을 타일렀네.

"힘센 사람끼리 힘내기를 하다가는 다칠 수도 있고, 더구나 지기라도 하면 더 속상할 거 아냐. 이럴 때는 꾀를 써서 옴짝달싹 못하게 해야 해."

그러고는 큰 바위를 하나 가져다가 대문간에 매달아 놨네.

사흘 뒤 중들이 다시 찾아왔네.

"전강동이 돌아왔는가?"

누이가 말했네.

"돌아왔어요. 근데 지금 이웃집에 잠깐 갔다 온다며 나갔는데,

아마 곧 올 거예요."

중들은 전강동이 돌아올 때까지 기다리기로 했네.

그러다 대문간에 큰 바위가 매달린 걸 보고는 물었네.

"저 바위는 왜 달아놨는가?"

"저 바위는 우리 강동이가 힘내기 연습하는 거예요. 날마다 한 번씩 머리로 받아서 부수는데, 처음에는 훨씬 큰 바위였는데, 이제 는 저렇게 작아졌네요."

누이의 말을 들은 중들은 우리도 한번 해 보자면서 서로 바위 에다 머리를 들이받았네.

그러니 어떻게 됐을까?

결국 중들은 머리가 깨져서 다 죽고 말았다네.

누이가 꾀로 중들을 이기고 전강동도 살린 거라네.

모두가 제 이름을
드러낼 수 잇도록 나서자!

# #
제 이름으로 불리는 건
존재 자체로 존중받는다는 뜻이야.

우하하하하하.

난 처음 이 이야기를 봤을 때 웃음이 마구 터져 나왔어.

중들이 서로 바위에다 머리를 들이받다가 죽는 장면은 정말 웃 겼어.

아무리 힘이 세면 뭐 해? 힘겨루기도 못 하고 스스로 죽음을 자 초하잖아.

'힘으로 흥한 자 힘으로 망한다'는 말이 떠올랐어. 또 '바위로 이 잡기'라는 옛이야기도 떠올랐지.

옛날 아주 힘센 사람이 온 나라를 돌아다니며 힘자랑을 했어. 그 사람을 당할 사람은 나라 안에 아무도 없었어.

하루는 이 사람이 고갯마루에 있는 너럭바위에 앉아 쉬고 있는 데 등이 따끔따끔 해. 뭐가 이러나 하고 저고리를 벗어 살펴보니 조그만 이 한 마리가 있는 거야.

이 사람은 나라 안에서 최고 힘이 센 자신을 몰라보는 이가 괘 씸했어. 그래 이를 죽이려고 잡아서 바위에 올려놓고 옆에 있는 큰 돌멩이로 내리쳤어. 그런데 가만 보니 부서진 돌 부스러기 사이로 이가 발발 기어 나오는 거야. 더 큰 바위로, 또 더 큰 바위로 내리쳐 봤지만 마찬가지였어. 이는 아무렇지도 않게 다시 발발 기어 나왔지.

이 사람은 갑자기 두려워졌어.

'이렇게 조그만 이가 나보다 더 힘이 세단 말인가?'

이때 한 아이가 다가와 물었어.

"무슨 일이에요?"

"이를 죽이려고 하는데 얼마나 강한지 아무리 큰 바위로 내리쳐도 죽지를 않는구나."

아이는 씽긋 웃으며 물었어.

"그럼 제가 잡아드릴까요?"

그러더니 작은 손가락으로 이를 꾹 눌러 죽였어.

힘센 사람은 깜짝 놀랐지.

"내가 집채만 한 바위로도 못 죽인 것을 저렇게 쉽게 죽이다니!"

그 뒤로 힘센 사람은 다시는 힘자랑을 하지 않았대.

세상의 일이란 뭐든지 힘으로만 해결하려고 해서는 안 되는 법이지.

전강동의 누이가 동생의 힘자랑 버릇을 고쳐 주려 했던 것도 아마 이런 일을 당하지 않길 바랐기 때문일 거야.

괜히 힘자랑만 일삼다가는 적도 많아질 테고, 또 힘을 적절하게 사용하는 법을 배우지 못하면 바위로 이를 잡으려던 사람처럼 될 테니까 말이야.

난 전강동의 누이가 너무 마음에 들었어.

한편으론 부럽기도 했어.

힘도 세고 지혜롭기까지 하잖아.

만약 누이가 없었더라면 전강동은 힘자랑을 하다가 변을 당했을 거야. 절에 있던 중들이 힘내기를 하자며 전강동을 찾아왔을 때를 생각해 봐. 전강동은 이길 수 있다고 자신했지만 내가 보기엔 그리 자신할 만한 일이 아니거든. 절에 있던 중들도 전강동처럼 힘이 세지는 샘물을 계속 마셨잖아. 마신 기간도 훨씬 길고, 중들은 숫자도 많고……. 아마 괜히 중들과 힘내기를 했다가는 전강동이 나가떨어졌을지도 몰라.

그런데 이야기에 빠져 한참을 지나고 나니 문득 궁금했어. 분명 이 이야기의 주인공은 전강동과 누이인데, 왜 전강동 이름만 나오고 누이의 이름은 나오지 않는 걸까? 왜 힘도 세고 지혜로운 누이는 이름도 없이 '전강동의 누이'라고 불려야 할까?

나는 기분이 좋지 않았어. 어른이 되고 난 뒤에 느낀 거지만 여자들은 자신의 이름으로 제대로 불리지 못할 때가 많았어. 특히 아이를 낳고 난 뒤에는 내 이름으로 불리는 일이 점점 줄어들었어. 다들 '○○ 엄마'라고 부르곤 했지. 아이와 아무 연관이 없는 사람들까지도 'OO 엄마'라고 부르기도 했어.

한번은 텔레비전을 보는데 어떤 여자가 나와서 자기소개를 하는데, "OO 엄마입니다!" 하는 게 아니겠어? 사회자가 이름을 물어보니까 이번엔 "OO 엄마 △△△입니다!"라고 하더라고. 얼마나 오랫동안 'OO 엄마'라는 말에 익숙해졌으면 이렇게 이야기할까 싶었어.

나는 속상했어. 남자들은 아이가 있어도 아이랑 직접 관련이 있는 경우가 아니라면 'OO 아빠'라고 불리지 않으니까 말이야.

그런데 한편으론 'OO 엄마'로 불리는 게 '전강동의 누이'보다는 낫다는 생각이 들기도 했어. 누이는 아이가 있는 것도 아니고, 결혼한 것도 아닌데 그저 '전강동의 누이'로 불리잖아. 힘이 센 것을 드러내지 않는 것하고, 이름을 드러내지 않는 것하고는 전혀 다른 일인데 말이야.

그래서 슬프기도 해. 그동안 수없이 많은 여자가 전강동의 누이처럼 자기 이름을 제대로 드러내지 못한 채 살아왔으니까. 남자들보다 힘이 세고, 지혜로워도 아무 소용이 없었어. 세상은 여자가 이름을 드러내는 걸 좋아하지 않았어. 이름은 남자들에게만 필요한 것처럼 굴었어.

물론 세상은 바뀌고 있어. 하지만 세상은 저절로 바뀌지는 않아. 문제를 느끼는 사람들이 문제를 해결하기 위해 나서야 하지. 여자들 문제를 해결하기 위해서는 여자들이 더 나서야 할 거야.

그러면 전강동의 누이처럼 이름을 드러내지 못하고 사는 여자들

은 사라지겠지? 아니, 여자들뿐 아니라 힘이 없어 이름을 드러내지
못하던 사람들까지 모두 다 이름을 찾겠지?

생각만 해도 참 기쁘다! 하루 빨리 그런 날이 올 수 있기를!